문학의 위로

문학의 위로

초판 1쇄 발행 | 2017년 4월 26일
초판 2쇄 발행 | 2017년 6월 15일

지은이 | 임재청
발행인 | 노승권

주소 | 서울시 중구 무교로 32 효령빌딩 11층
전화 | 02-728-0270(마케팅), 02-3789-0269(편집)
팩스 | 02-774-7216

발행처 | (사)한국물가정보
등록 | 1980년 3월 29일
이메일 | booksonwed@gmail.com
홈페이지 | www.daybybook.com

• 책읽는수요일, 라이프맵, 비즈니스맵, 마레, 사흘, 생각연구소, 지식갤러리, 피플트리, 스타일북스, 고릴라북스, B361은 KPI출판그룹의 임프린트입니다.

문학의 위로

임재청 지음

책읽는수요일
Books on Wednesday

프롤로그

살아갈수록 더 아프고 외로운 인생을 견디는 법

살다 보면 누구나 잠시 길을 잃고 방황의 늪에서 허우적거릴 때가 있습니다. 마음이 한없이 바닥으로 떨어져 내리는 날에는, 아프다고 떠들어봐도 치유는커녕 오히려 마음의 상처만 깊어집니다. 어쩌면 인생이란 살아갈수록 더 아픔이 늘어나는 게 아닌가 싶기도 합니다. 하지만 아프다고 해서 도망칠 수도 없으니 견뎌야 합니다. 아픔이 가르쳐주는 진실은 바로 우리는 패배할 수 없다는 것입니다.

독서를 그저 제가 지닌 괜찮은 습관 중 하나라고 생각해왔는데, 시간이 흐르고 보니 놀랍게도 삶을 버티는 힘이 되었습니다. '어떻게 하면 인생을 제대로 살 수 있을까?'라는 질문을 스스로에게 던지면 이상하게도 답답함으로 숨이 막힙니다. 운명대로 산다고 하면 아무런 걱정 없이 흘러가는 대로 살 수 있을지 모릅니다. 하지만 막연히 운명만을 믿고 따라가는 것은 자기가 뭘 하고 싶은지 모르는 사람의 변명에 불과합니다. 더구나 운명을 아는 것은 더 어렵습니다. 그보다는 삶을 버티게 해주는 괜찮은 습관으로 단 몇 분이라도 솔직하게 사는 것이 낫습니다. 그러면 인생은 결코 짧지 않습니다. 인생을 운명이 아닌 자신의 것으로 살아야만 합니다.

어떤 책은 쉽게 잊히지만 어떤 책은 울림이 대단합니다. 잊혀 있다가도 어느 순간 밤하늘의 별이 되어 잠든 영혼을 깨워줍니다. 그런 책들을 우리는 고전이라고 부릅니다. 고전 세계문학은 제게 인생 수업이었습니다. 삶이 던지는 수많은 질문들에 어떻게 답해야 할지 모를 때, 친구나 선배와 고민을 나누듯이 책을 읽었습니다. 그러고 나면 조금씩 삶을 다시 긍정할 힘이 생기고 영혼이 자유로워지는 느낌이 들었습니다.

혼자 남몰래 책을 읽으며 행복했던 시간들을 하나둘 정리하여 세상에 내놓게 되었습니다. 밑줄을 긋고 메모하는 동안 제 마음에 새겨진 생의 변함없는 진실을 들려주고 싶었습니다. 고전으로 불리는 세계문학을 읽으며 작품 속 인물들의 인생과 마음을 따라갔습니다. 그들의 이야기에 마음을 기울이며 혼자 짊어져야 하는 아픔을 보았습니다. 절망 속에서도 아픔을 치유하는 그들의 영혼을 발견하게 되었습니다.

우리는 아픔 때문에 몸살을 앓게 되면 금세 삶의 방향감각을 잃어버리고 맙니다. 죽을 듯이 식은땀을 흘리기도 합니다. 그럼에도 아픔의 끝에서 결국 알게 되는 진실은, 견디지 못할 아픔은 없다는 것입니다. 문제는 아픈데도 안 아픈 척하는 것이나 아픔 때문에 영혼 없이 사는 것입니다. 지금 우리가 할 수 있는 최선은 아픔을 외면하지 않고 치유하면서 어제보다 좀 더 성장하는 것입니다. 문학을 읽으며 우리의 마음과 영혼이 매일 조금씩이나마 아름다워진다면, 우리의 인생도 조금 덜 아프고 덜 외롭게 되지 않을까 생각합니다. 그리고 인생을 다시 일으키고 아름답게 꾸려갈 수 있는 영감을 얻게 되리라 생각합니다.

책이 나오기까지 소중한 사람들의 도움을 많이 받았습니다. 먼저, 소설 속 인물들과 만나게 해준 작가들에게 감사드립니다. 그들의 열정이 없었다면 저는 아마도 평범하게 시간을 보냈을 것입니다. 그리고 그렇게 세계문학에 아플 정도로 빠져 있을 때 곁에서 묵묵히 격려해준 아내와 두 아들. 가족들 사랑 덕분에 아픔을 잘 견뎠습니다.

2017년 오우아의 서재에서

임재청

차례

Chapter 2

성장

한 세계에서 다른 세계로

Chapter 3

가치

무엇이 우리를 인간이게 하는가

Chapter 5

구원

흔들리고 헤매며 나아가는 인간

Chapter 1

사랑

당신과 나만 있는 세상

,

자신의 영혼을 당당히 간직하는 사랑

샬럿 브론테 『제인 에어』

저와 함께 가고자 하는 것은 자기 자신이 아니라 직무라고요. 저는 또 사랑을 위해서가 아니라, 노동을 위해서 만들어졌다고 하시더군요. 그건 의심할 여지가 없는 사실이에요. 하지만 제 생각에는, 제가 만약 사랑을 위해 만들어지지 않았다면, 결혼을 위해서 만들어진 것도 아녜요. 자기를 쓸모 있는 연장으로밖에는 생각하지 않는 사람에게 한평생 매어져 있다는 것은 우스운 일 아니겠어요, 다이애나?

결과를 알 수 없다고 하더라도 때로 어떤 사랑은 조금이나마 짐작할 수 있습니다. 하지만 우리의 예상을 빗나가면서 놀라게 하는 사랑도 있습니다. 이러한 놀라움 때문에 우리가 상상할 수 없는 사랑이 가능한 것은 아닐까요?

샬럿 브론테(Charlotte Brontë)의 『제인 에어』에서 가정교사 제인이 돈 많은 로체스터와 결혼하려고 하는 순간, 결혼은 깨지고 맙니다. 신분의 차이를 넘어 사랑을 한다는 것이 말은 쉽지만 결코 쉬운 일은 아닙니다. 사랑은 서로 조건이 비슷해야 누구도 반대하지 않을 것입니다. 그러나 거꾸로 조건만을 따진다면 우리는 굳이 사랑을 고민하지 않고 그냥 살아가면 됩니다. 어디 그뿐인가요? 사랑하면서 알게 되는 아름다움을 영원히 모르게 될 것입니다.

단순히 신분의 차이 때문에 이런 이야기를 하는 것은 아닙니다. 좋은 가문의 그가 신분이 낮은 그녀에게 호의를 보였다고 해서 마치 도깨비불에 홀린 듯 사랑에 눈멀었다면 그것은 일시적인 감정에 불과하겠지요. 그러나 그녀가 눈을 크게 뜨고 그의 아름다움을 발견하고 나서야 비로소 사랑의 새싹이 자라났습다. 그때까지 그녀가 그를 사랑하리라 마음먹은 적은 없었습니다. 남들이 보기에 그의 생김새는 아름다움과는 거리가 멀었습니다. 그의 표정 또한 초라할 정도였습니다. 하지만 그녀에게는 아름다움 그 이상이었습니다. 그는 마흔 살이었지만 그녀에게만은 스물다섯 살 난 사람처럼 젊어 보였습니다.

⋮

자연에 대한 모독

그가 그녀에게 '제인 로체스터'라는 새로운 이름을 지어주며 결혼하자고 했을 때, 그녀는 믿을 수 없었습니다. 이러한 행운이 한낮의 꿈이 아닐까 의심했습니다. 하지만 사회적 지위나 재산이 그들을 나눈다고 하더라도 그들의 마음까지 나눌 수는 없었습니다. 그녀는 그를 좋아하는 감정을 더 이상 감추거나 꺾을 수 없었습니다. 그녀 말대로 비록 "자연에 대한 모독"이더라도 희망을 포기하는 게 불가능했습니다. 그녀는 결코 사랑하는 사람의 자존감에 상처를 주고 싶지 않았습니다. 그가 "나의 천사"라며 사랑을 고백할 때에도 그녀는 죽을 때까지 천사가 될 수 없다는 것을 부드럽고 진실하게 말했습니다.

그 또한 이제껏 그녀와 같은 사람을 만난 적이 없었습니다.

반반한 얼굴로 그의 비위를 맞추려는 여자들은 있었지만 끝내는 무의미한 정열에 불과했습니다. 하지만 그녀와 가까이 있을 때면 같은 영혼이라는 것을 선명하게 알 수 있었습니다. 자신의 왼쪽 갈비뼈와 그녀의 오른쪽 갈비뼈가 서로 끈으로 연결되어 있다고 느낄 정도로 말입니다. 흔히들 사랑을 하게 되면 사랑하는 사람을 지배하려고 합니다. 지배하는 것이 지배당하는 것보다 훨씬 달콤하다고 여기기 때문입니다. 그러나 그는 지배당하는 것이 무척이나 즐거웠습니다. 이 세상 어떤 승리도 미치지 못할 만큼 마력적인 데가 있었으니까요.

⋮

가짜 애정

그런데 충격적이게도 그가 다른 여자와 결혼한 과거가 드러나면서 그녀의 운명은 싸늘해졌습니다. 그녀는 다시 외로운 여자가 될 수밖에 없었습니다. 그가 자신의 지옥 같은 인생을 구원해줄 수 없느냐고 애원했지만 그녀에게는 아무런 소용이 없었습니다. 그녀는 법과 원칙대로 살고 싶었습니다. 그와 헤어질 운명이라도 당당하게 맞설 수 있었습니다. 그녀는 곤경에 처하면 처할수록 자신을 존경할 용기가 있었습니다.

그녀는 새로운 삶을 찾아 떠났고, 세인트 존이라는 목사를 만나 안식처와 일자리를 얻게 됩니다. 그는 어느 누구보다도 올바르고 기독교적인 결심이 남달랐습니다. 한편으로는 그 결심이 너무도 확고해서 무섭도록 냉혹하기도 했습니다.

그가 반려자를 선택하는 기준을 보면 그 또한 인간적인 오류에 빠질 수 있음을 알게 됩니다. 오직 하느님의 정의를 함께 실현할 협력자가 필요했는데 그때 마침 그녀를 만나게 되었던 것입니다. 그러니 그녀에게 청혼할 때에도 그녀의 아름다움이 아니라 정신적인 재능, 즉 선교사 일을 훌륭히 수행할 능력이 중요했던 것입니다. 무엇보다도 그녀에게 사랑을 위해 태어난 것이 아니라 노동을 위해 태어난 것이라고 말하면서 하느님의 소명을 다하라고 하는 요구는 꽤나 무겁게 느껴집니다. 만약 이렇게 결혼을 한다면 그녀는 후회할 수밖에 없었습니다. 애정이 없는 것이 아니라 가짜 애정이라는 가혹한 멍에는 그녀를 죽이는 셈이었습니다.

⋮ 신념과 사랑

그럼, 진짜 애정은 무엇일까요? 사람을 위해 좋은 일을 하고 나면 애정은 저절로 생겨나는 것일까요? 사랑은 둘이 하나가 되는 것이지 한쪽이 다른 한쪽의 일부가 되는 것은 아닙니다. 그렇지 않으면 서로의 차이 때문에 평행선이 되고 말 것입니다.

사랑을 갈구하는 그녀에게 신념을 강요하는 것은 진짜 애정이라고 할 수 없습니다. 그녀가 남자의 신념을 따를 수는 있어도 결코 자신의 마음을 준 것은 아닙니다. 자신의 위대한 포부만을 생각하는 그에게, 그녀의 감정이나 권리는 신앙을 거부하는 것이며, 이교도만도 못한 인간이 되는 것에 불과했습니다. 그녀는 더 이상 융통성 없는 그의 경멸을 참을 수도 화해할 수도 없었습니다. 그녀가 아무런 영혼이 없는 자동인형이라는 생각은 오산입니다.

그런데 이 세상의 모든 욕망, 그중에서도 사랑에 대한 욕망은 누구에게나 위대한 감정입니다. 서로가 사랑하기 위해서 얼마나 많은 노력을 하는지를 되새겨보면 알게 됩니다. 하지만 그 노력의 대가로 자신의 존재감을 잃는다면 사랑 때문에 오히려 불행해질 수 있습니다. 그녀처럼 더 이상 상처받은 영혼을 감당하기가 버거워 그만 사랑하지도 않는 사람의 일부가 되기도 합니다.

그녀가 이런 선택을 하고 마음의 여유를 찾으려 하는 순간,

Reading
Nicolae Vermont

놀라운 일이 또다시 일어납니다. 그녀의 이름을 거듭 부르는 목소리, 다름 아닌 로체스터의 다급한 음성이 들려온 것입니다.

⋮

사랑의 아름다운 비밀

비록 사는 곳이 다르더라도 사랑하는 사람들은 같은 영혼을 지녔다는 것. 이것이 사랑의 아름다운 비밀이겠지요. 먼 곳에서 그가 다급하게 그녀를 불렀을 때 그녀 또한 그에게 가겠다고 대답하는 영혼의 섞임. 이것은 환상이 아니었습니다. 불의의 사고로 장님이 된 그는 폐목이나 다름없는 신세를 한탄하며 그녀에게 자신을 보호할 어떠한 의무도 없다고 말했습니다. 그러자 그녀는 다음과 같이 말했습니다.

> 당신은 폐목이 아네요. 벼락 맞은 나무가 아네요.

이제 그녀는 누구보다도 사랑하는 사람을 선택하는 것이 얼마나 큰 기쁨이며 행복인지 알게 되었습니다. 사랑은 자신을 잘 아는 사람과 한평생을 살아가기 위한 것이 아닌가요? 불구가 된 그를 영원히 돌보고 싶다는 그녀의 희생적인 마음이 가능한 이유가 여기에 있습니다. 그는 그녀의 운명이었습니다. 이러한 운명 앞에서 그녀는 희생을 즐길 자신이 있었습니다. 하지만 행복을 위해 자신의 영혼을 팔아야만 한다면 그러한 희생의 의미도 빈껍데기처럼 외롭고 쓸쓸하게 될 것입니다. 그러니 자신의 영혼을 당당히 간직할 때 희생은 희망이 될 수 있겠지요.

,

따뜻한 손에
따뜻한 심장

아모스 오즈 『나의 미카엘』

당신이 당신 아버지의 아들이라는 게 끔찍한 게 아니라 당신이 당신 아버지처럼 말하기 시작했다는 게 끔찍한 거라구요. 그리고 당신 할아버지 잘만. 우리 할아버지. 우리 아버지. 우리 어머니. 그리고 우리 다음에는 야이르. 우리 모두가요. 인간이 계속해서 거부당하는 거잖아요. 계속해서 새로운 초안이 만들어지는데 결국은 다 거부되고 구겨져서 쓰레기통에 던져지고는 새롭고 약간 발전된 개작으로 대체되는 거죠. 이 모든 게 다 얼마나 쓸데없는 일인지. 정말 무의미한 농담이죠.

차가운 손에 따뜻한 심장

사랑에 빠질 때 거친 사람과 강한 사람의 차이는 뭘까요? 거친 사람은 거짓된 친절함을 과시하고는 남의 생각 따위는 안중에도 없이 오로지 자기의 감정에만 집착합니다. 그런가 하면 강한 사람은 자신이 원하는 것을 선택할 때 사소한 것도 놓치지 않습니다. 사소한 것에서 얼마든지 즐거워하고 더 나아가 호의를 갖게 되면서 열정을 불태웁니다.

아모스 오즈(Amos Oz)의 『나의 미카엘』에 나오는 미카엘은 고양이를 특별히 좋아했습니다. 왜냐하면 고양이는 자기를 좋아할 것 같지 않은 사람은 결코 사귀지 않기 때문입니다. 고양이한테서 배운 삶의 법칙은 정확하다는 것입니다. 그래서 계단에서 미끄러진 한나의 손을 우연히 잡아줄 때 그 짧은 순간에 그녀가 차가운 손에 따뜻한 심장을 가진 여자라는 것을 운명적으로 느꼈던 것입니다. 따뜻한 손을 가진 사람이라면 차가운 손을 잡아주고 싶은 게 사랑의 끌어당김이겠지요.

그녀가 보기에 그는 재치 있는 사람도 아니고 그렇다고 강한 사람도 아니었습니다. 하지만 어느 순간 그녀는 그에게서 정신적인 긴장을 느끼면서 자신이 잘못 생각하고 있다는 것을 알았습니다. 그는 원하면 자신보다 훨씬 더 강해질 수 있다는 생각에 그를 받아들였습니다. 더구나 그의 말은 얼마나 평온했던가요? 그가 따뜻한 손에 따뜻한 심장을 가진 남자라는 것을 의심하지 않았습니다.

⋮

냉정한 균형

그녀는 거친 남자를 바라지 않았습니다. 결혼식 날 밤까지 그와 한 몸이 되지 않았습니다. 두 가지 다른 성(性)의 존재 자체가 세상의 고통을 배가시키는 무질서이며 사람들이 그 무질서의 결과를 완화시키기 위해 할 수 있는 모든 일을 해야 한다는 것이 그녀의 생각이었습니다. 만약에 그가 갈증으로 죽어가는 사람처럼 덤벼들었다면 그녀는 수치스럽게 생각했을 것입니다. 그녀는 그의 조용한 열정의 물결에 휩쓸렸는지도 모릅니다.

하지만 결혼 후 그들의 사랑은 물 한잔을 마시는 것처럼 단순하고 자연스럽지 못했습니다. 그녀가 임신했다고 하자 그는 전혀 기뻐하지 않았습니다. 오히려 그는 의학 서적에서 봤다며 처음에는 증상을 잘못 생각하기 쉽다고 말했습니다.

우리는 결혼을 하게 되면 불편한 진실을 알게 됩니다. 어느 순간 자신의 운명이 더 이상 자신의 운명이 아니라는 것을. 자신의 운명이 자신을 슬프게 만든다는 것을. 어느 순간부터 그들 사이에는 냉정한 균형이 존재했습니다. 즉, 서로에게 부담을 주거나 침해하지 않아야 하며, 예절 바르고 이해심을 발휘해야 하고, 가끔씩은 유쾌하고 피상적인 잡담으로 서로를 즐겁게 해주려 해야 하고, 아무런 요구도 하지 않으며, 때로는 절제된 동정심을 보여야 한다는 것입니다.

그녀가 "도대체 무엇을 위해서 살아가는 거죠?"라고 묻자 그는 사람은 무엇을 위해서 사는 게 아니라 그냥 살고 있다고 했습니다. 그는 보잘것없는 존재로 죽는다는 것이 진부하면서도 동시에 진실이라고 여겼습니다.

나는 허구가 아니에요

정말로 사람들이 만족해서 할 일이 아무것도 없어지면 누군가를 사랑하는 감정마저 악성 종양같이 되어버리는 것일까요? 예전에 그녀에게는 사랑하는 힘이 넘쳤지만 이제 그 사랑하는 힘은 죽어가고 있었습니다. 사랑에 흠뻑 빠지지 못하게 하는 그녀의 편두통은 그가 차갑고 낯선 사람이 되어버렸기 때문에 생긴 것입니다. 그는 온통 자기 안에 몰두해 있으면서 그녀에게는 조금도 신경을 쓰지 않았습니다. 더구나 그의 발전이 그녀 자신의 운명이라는 것을 모른다며 마치 어린아이같이 무책임하다고 비난했습니다. 그녀는 실체가 없는 희미한 두려움 때문에 계속해서 마음이 차가워졌습니다.

무엇보다도 그의 자제력은 진부했습니다. 그는 대부분의 낙관주의자들처럼 현재가 부드럽고 형체 없는 물질로 이루어져 있으며, 책임감 있게 노력하여 그것을 가지고 미래를 만들어나가야 한다고 생각했습니다. 그는 조심스럽게 과거를 의심하면서 악몽이거나 버려야 할 오렌지 껍질이라 여겼습니다. 그래서 그는 미래를 위해 자기 앞에 정해진 계획을 위해서만 책임감을 발휘했습니다. 삶의 내적인 선율은 2+2=4가 되는 일종의 연금술이며, 그것은 진부한 말이라고 하더라도 진실이라는 데는 변함이 없었습니다. 하지만 그녀는 다음과 같이 말합니다.

> 나는 그저 그의 상상력이 만들어낸 허구라는 듯이. 사람이 어떻게 다른 사람의 상상력이 만들어낸 허구 이상이 되리라고 기대할 수 있겠는가? 난 실재예요 미카엘. 그저 당신 상상력이 만들어낸 허구가 아니라고요.

⋮ 사랑은 활동

그녀의 사랑은 산산조각이 났습니다. 보통 사람들이면 휘어졌다 펴졌다, 펴졌다 휘어졌다 하겠지요. 그러나 그녀는 구부러지는 것이 아니라 깨지고 말았습니다.

에리히 프롬(Erich Fromm)은 『사랑의 기술』에서 다음과 같이 말했습니다.

> 사랑은 활동이다. 내가 사랑하고 있다면 나는 그나 그녀만이 아니라 사랑받는 사람에 대해 끊임없이 적극적 관심을 갖는 상태에 놓여 있다. 내가 게으르다면 내가 끊임없는 각성과 주의와 활동의 상태에 있지 않다면, 나는 사랑받는 사람과 능동적으로 관계할 수 없기 때문이다. 잠자는 것만이 비활동에 적합한 상태다. 각성 상태는 게으름이 끼어들 여지가 없는 상태다.

따뜻한 손에 차가운 심장 혹은 반대로 차가운 손에 따뜻한 심장만으로는 사랑이 가능하지 않을 것입니다. 어쩌면 사랑의 완벽함은 불가능해서, 몸에 뭔가가 부족하다고 그것이 사랑에 문제가 된다는 것은 모순일지도 모릅니다. 그래서 중요한 것

A Hand with Flowers
Mikhail Nesterov

은 사랑의 완벽함이 아니라 온전함이겠지요. 단지 몸이 아니라 진실로 마음이 건강해야 따뜻한 손에 따뜻한 심장을 가진 사람이 되지 않을까요?

,

사랑을 멀어지게 하는 두 가지

제인 오스틴 「오만과 편견」

오만함은 아주 흔한 결점이야. …… 인간은 원래 오만함에 빠지기 쉬운 법이니까. 실제로 있는 것이든 상상한 것이든 자기가 가진 몇 가지 자질에 도취하지 않는 사람이 우리 중에 몇이나 있겠어. 허영심과 오만함은 흔히 동의어로 쓰이지만 상당히 달라. 허영심에 빠지지 않고도 오만불손할 수 있어. 오만은 우리가 스스로 어떻게 생각하느냐와 관련되지만, 허영은 남들이 우리를 어떻게 생각해주기를 바라느냐와 관련되어 있거든.

결혼의 조건

결혼을 결정하는 기준은 무엇일까요? 결혼이 사랑의 최대치라고 한다면 오직 사랑으로 뜨거울 것입니다. 하지만 사랑하면 사랑할수록 재산이나 명예를 생각하는 머리도 빼놓을 수 없을 것입니다. 만약에 가문이며 재산, 모든 것을 다 갖춘 훌륭한 사람이 자기 자신을 높이 평가한다고 해서 문제가 될까요?

제인 오스틴(Jane Austen)의 『오만과 편견』에서 베넷 가(家)의 둘째 딸 엘리자베스는 그런 사람은 오만할 권리가 있다고 했습니다. 남들보다 단 몇 퍼센트라도 뛰어난 사람은 자신감이 넘쳐나는데 이런 사람들은 얼마든지 오만할 권리가 있다는 것입니다. 오만은 자신을 증명하는 하나의 수단이 될 수 있습니다.

오만은 태도나 행동이 거만한 것을 말하는데, 우리가 흔히 볼 수 있는 성격적 결함입니다. 오만한 사람들이 가지고 있는 냉혹한 시선을 사랑하는 것은 부담스럽습니다. 오만은 사랑을 방해합니다. 비록 남들보다 훨씬 미남이며 부자라고 하더라도 끊임없이 사람들의 기분을 나쁘게 한다면 더 이상의 연민이나 애정이 생기지 않을 것입니다. 이것은 그녀가 무도회에서 다아시와는 절대로 춤을 추지 않을 거라고 말했던 느낌과 다르지 않습니다. 춤을 춘다는 것은 사랑에 빠지는 길에 한 발짝 발을 들여놓는 것입니다. 그녀는 신사와는 거리가 먼 그를 불쾌한 인간이라고 여긴 탓에 사귀고 싶은 마음이 생기지 않았습니다.

⋮

강한 사랑

그는 평판이 좋지 않은 남자였습니다. 매력적이었지만 사랑하기에는 부담스러웠습니다. 그녀는 자존심을 건드리지 않는다면 그의 오만을 용서할 수 있다고 했습니다. 하지만 그녀의 마음과는 달리 그는 사사건건 그녀의 자존심에 상처를 냈습니다. 그녀 혼자 감당할 수 있는 것이라면 괜찮았을 텐데, 그는 그녀 집안의 평화를 흔들었습니다. 특히 어느 누가 보더라도 서로 사랑하고 있는 것이 분명한 그녀의 언니 제인과 빙리의 사랑에 훼방꾼이 될 줄은 몰랐습니다. 그녀는 제인이 겪고 있는 모든 고통의 원인이 그의 오만과 변덕에 있다고 여겼습니다.

그런데 놀랍게도 그가 자신의 감정을 억누를 수 없다며 그녀를 사랑하고 있다고 고백했습니다. 명망 있는 귀족인 그가 몰락한 집안의 그녀를 사랑한다는 것은 충분히 웃음거리였습니다. 무엇이 이토록 그를 다시 한 번 오만하게 했을까요?

사랑에 있어 비겁함을 보여주느니 차라리 오만한 것이 더 나을 수도 있습니다. 오만함은 얼마든지 당당함으로 비칠지 모릅니다. 그렇다고 한다면 강한 사랑이어야 하지 않을까요? 강한 사랑이라면 무엇이든 흡수할 수 있습니다. 하지만 단지 얄팍하고 일시적인 기분이라면, 훌륭한 소네트를 한 편 짓고 나면 모조리 고갈되고 말 것입니다.

⋮

생기

그는 어느 누구도 예상하지 못한 방식으로 그녀에게 사랑을 고백했습니다. 그것도 한 번 거절당했음에도 불구하고 말입니다. 그토록 온갖 무례함과 비난을 퍼부었는데도 그녀를 용서할 정도로 여전히 사랑하고 있었습니다. 쓸개 빠진 어리석은 사랑이라고 하기에는 너무도 오만한 사랑! 그녀는 그가 어떻게 자기와 사랑에 빠지게 되었는지 궁금해했습니다.

혹시 이런 오만불손한 태도에 반하신 건가요?

당신의 생기발랄함에 반했습니다.

생기! 사랑하는 사람의 얼굴이나 나이와는 상관없이 사랑에 빠져도 좋다는 것입니다. 그래서 사랑은 분명 사랑하는 사람 모두에게 열정이 되어야 하는 것입니다.

그는 어린 시절부터 이기적인 인간이었던 탓에 오만과 자만심을 가지고 아무렇지도 않게 살아왔습니다. 그녀에게 청혼하러 갔을 때도 승낙받을 것을 전혀 의심하지 않았습니다. 자신은 사랑받을 자격이 있는 여자를 기쁘게 해줄 모든 조건을 갖추고 있다고 여겼기 때문입니다. 그래서 그녀가 "당신이 좀 더 신사다운 태도를 보인다면"이라고 말할 줄은 상상조차 못 했고, 강한 충격을 받았습니다. 그것은 정말이지 가혹했지만 유익한 교훈을 주었고, 그녀 덕분에 그는 겸손해졌습니다.

⋮

사랑은 열정

결혼에 있어서 사랑이냐 조건이냐를 두고 마음이 흔들리는 것을 쉽게 볼 수 있습니다. 돈으로 살 수 있는 것이 조건이라고 한다면 돈으로 살 수 없는 것이 사랑입니다. "사랑이란 즐거움을 위해 선택하는 놀이가 아니라 열정"이라고 말한 스탕달(Stendhal)은 『스탕달의 연애론』에서 다음과 같이 말합니다.

The Thinker
Pierre-Auguste Renoir

사랑을 위해 태어난 영혼을 하늘로부터 선물을 받았는데도 그 영혼을 사랑하지 않는 것은 자신과 상대방에게서 큰 행복을 빼앗는 일이다. 그것은 오렌지나무가 죄를 저지를까 봐 두려워 꽃을 피우지 않는 것과 같다. 게다가 사랑을 위해 태어난 영혼은 사랑 이외의 것으로는 절대 구원받을 수 없다.

사랑을 저울질하는 것은 사랑을 희생하는 허영에 불과합니다. 사실, 사랑하는 데 진짜 문제는 오만이 아니라 허영입니다. 열렬하게 사랑하는 사람은 때로 다른 사람에 대한 예의를 잊어버리기도 합니다. 명예나 이해관계도 상관하지 않습니다. 오직 행복하기 위해서 열정에 빠져드는 오만함은 사랑스러운 권리입니다. 그러기 위해서 편견에 눈이 멀면 안 됩니다. 서로 불편함을 견딜 수 있어야 하며 실망스러워도 서로 간에 즐겁게 지낼 수 있는 애정과 지혜가 있어야 합니다.

,

나의 생명이며 영혼인 당신

에밀리 브론테 『폭풍의 언덕』

만약 모든 것이 없어져도 그만 남는다면 나는 역시 살아갈 거야. 그러나 모든 것이 남고 그가 없어진다면 이 우주는 아주 서먹해질 거야. 나는 그 일부분으로 생각되지도 않을 거야. 린튼에 대한 내 사랑은 숲의 잎사귀와 같아. 겨울이 돼서 나무의 모습이 달라지듯이 세월이 흐르면 그것도 달라지리라는 것을 나는 잘 알고 있어. 그러나 히스클리프에 대한 애정은 땅 밑에 있는 영원한 바위와 같아. 눈에 보이는 기쁨의 근원은 아니더라도 없어서는 안 되는 거야. 넬리, 내가 바로 히스클리프야. 그는 언제까지나, 언제나 내 마음속에 있어. 나 자신이 반드시 나의 기쁨이 아닌 것처럼 그도 그저 기쁨으로서가 아니라 나 자신으로서 내 마음속에 있는 거야.

사랑의 비밀을 알아가는 많은 방법 중에 영혼이라는 것도 있습니다. 사랑하는 마음을 다 털어놓으면 좋겠지만 정작 사랑하는 사람 앞에서는 아무 말도 못하고 맙니다. 그렇다고 해서 사랑하는 마음을 다 숨길 수는 없습니다. 사랑은 혼자만의 즐거움도 아닙니다. 당신의 사랑하는 마음을 눈여겨본 누군가가 언젠가는 당신을 사랑하게 될 것입니다. 가령, 당신의 마음이 달빛처럼 밝게 보인다거나 불처럼 아름답게 타오를 수 있습니다. 그래서 어떤 사람의 영혼이 달빛이거나 불이라고 한다면 우리는 그 사람을 어떻게 사랑해야 하는지를 알게 됩니다.

에밀리 브론테(Emily Brontë)의 『폭풍의 언덕』에서 캐서린은 서로가 사랑한다면 서로의 영혼이 같아야 한다고 말합니다. 만약에 달빛과 번개, 서리와 불같이 영혼이 전혀 다른 것이라면 사랑한다고 할 수 없습니다.

그녀가 사랑했던 히스클리프는 버려진 아이였는데, 그녀의 아버지가 여행 중에 만난 그 아이를 하느님이 주신 선물이라고 생각하여 데려왔습니다. 어느 누구도 그를 좋아하지 않았지만 그녀만은 무척 좋아했습니다. 그러나 그녀의 오빠 힌들리는 그를 학대했습니다. 학대란 성인(聖人)도 악마로 만들 수 있는 것입니다.

그는 그녀를 슬프게 하지 않기 위해 악마 같은 두 눈을 천사 같은 눈으로 바꾸고 싶었습니다. 하지만 힘든 일과 사람들의 따가운 멸시로 인해 점차로 사람들에게 미움을 품게 하는 데 이상한 쾌감을 느끼며 오만해졌습니다. 그녀는 이런 현재만을 생각해서 에드거 린튼과 결혼하기로 했습니다.

⋮

자기 마음을 죽인 거야

그런데 이런 결혼 즉, 어떤 의무감이나 인정에 끌려 하는 결혼은 몸과 마음이 따로일 수밖에 없습니다. 결혼한 사람은 손을 잡을 수 있을 정도로 몸이 가까워질 수 있습니다. 하지만 마음이나 영혼은 감히 만지지 못합니다. 그녀는 결혼 후에도 예전에 그랬듯이 히스클리프가 소중했습니다. 아마도 그녀는 에드거를 한 번 생각하는 동안 그를 천 번이나 생각하지 않았을까요?

그의 감정 또한 폭풍 같았습니다. 그녀를 잃어버린 뒤 그의 삶은 지옥이었습니다. 그래서 에드거가 80년 동안 그녀를 사랑한다고 해도 자신의 하루 동안 사랑에도 미치지 못한다고 했습니다. 그는 그녀에게 왜 스스로의 마음을 배반했는지 물으며 다음과 같이 격정적으로 말했습니다.

당신은 자기 마음을 죽인 거야.

사랑을 하면서도 자기 마음이 없다면 사랑을 오래 하기가 어렵습니다. 자기 마음과 어긋난 사랑, 이것이 자기희생처럼 보일 수도 있습니다. 하지만 자기 마음을 죽이는 순간 사랑하는 사람도 죽고 맙니다. 흔히 불행도, 타락도, 죽음도, 그리고 신이나 악마가 할 수 있는 어떠한 것도 연인 사이를 떼놓을 수 없다고 합니다. 그런데도 많은 연인들이 서로의 마음을 멀어지게 하는 것은 자기 마음을 배반하기 때문입니다. 배반에 사로잡힌 나머지 무기력하게 세월을 보내게 됩니다.

⋮ 생명이며 영혼

자기 마음을 죽인 상처로 인해 그녀의 건강은 회복되지 못했습니다. 그래서 그들의 사랑도 끝내 이루어지지 않았습니다. 그렇다고 그들의 사랑이 끝난 것은 아닙니다. 아주 이상한 일들이 일어납니다. 그녀가 편안하게 천국으로 갔다고 하자 그는 절대 그럴 리는 없다고 했습니다. 이런 격정적인 상황에서 그는 정말 중요한 게 무엇이고, 중요하지 않은 게 무엇인지 알게 됩니다. 마음속 애인을 무덤 속에 묻었던 지난 18년 동안 밤낮으로 그녀가 자신을 괴롭혀왔기 때문입니다. 이유인즉 그녀는 그의 생명이며 영혼이었습니다. 그러니 그녀 없이 산다는 게 불가능했습니다. 죽음과 지옥밖에 없었습니다. 뭔가 다른 게 있다면 유령과 사랑에 빠지는 절박함이 있을 뿐입니다.

그래서 그녀가 죽은 뒤 그는 미치광이처럼 밤낮으로 그녀가 자신에게 돌아오기를 빌었습니다. 적어도 영혼이라도 돌아오라고 했습니다. 죽은 사람은 죽인 사람에게 귀신이 되어 찾아온다는 말이 있습니다. 그는 만약에 유령이라는 게 있다면 그럴 것이라는 가정이 아니라, 유령이 이 세상에 있다는 것을 확신할 정도로 유령의 존재를 믿게 됩니다. 그래서 그녀가 땅속이 아니라 땅 위에 있다고 느꼈습니다. 그런가 하면 교회 묘지의 머슴에게 부탁하여 그녀의 관 뚜껑을 열어 조금 느슨하게 하고는 흙을 덮어버리기도 했습니다. 그리고 그가 그녀의 옆에 묻힐 때 자신의 관도 한쪽을 조금 느슨하게 해달라고 했습니다. 서로의 영혼이 넘나들게 하기 위해서입니다.

그의 삶과 사랑은 성경에 나오는 천국에는 갈 자격이 없어 보입니다. 그는 남들이 원하는 천국을 전혀 바라지 않았습니다. 대신에 자신이 바라는 천국에 갈 수 있다는 것으로 행복해했습니다. 호세 오르테가 이 가세트(José Ortega y Gasset)는 『사랑에 관한 연구』에서 다음과 같이 말합니다.

> 무엇인가를 욕망하는 것은 그것을 소유하려는 것이다. 소유란 우리의 궤도를 돌던 어떤 대상이 우리에게로 와서 우리의 일부분이 되는 것을 의미한다. 이런 논리에 의하면 욕망은 그 대상을 얻는 순간 없어진다. 반대로 사랑은 불완전하고 영원한 어떤 것이다. 욕망은 수동적인 속성을 가지고 있어서 내가 욕망하는 것이 내게로 다가오기를 원하게 된다. 이때 나는 중력의 한가운데에 서서 그 대상들이 내게로 빨려 오기를 기다리고 있다. 반대로 사랑에 있어 모든 것은 움직임 자체이다. 사랑을 하면 우리는 사랑의 대상이 내게 오기를 기다리지 않고 내가 그 대상에게 가서 그 안에 존재하려고 한다. 어쩌면 이것이 대자연이 우리에게 부여한 유일한 시련일 것이다. 사랑에 빠지면 우리는 우리 자신에게서 빠져

The Voice / Summer Night
Edvard Munch

나와 타인을 향한 여정을 떠나야 한다. 그 대상이 나를 중심으로 내 주위를 도는 것이 아니라 내가 그 대상이 만든 궤도를 탄다.

그의 사랑이 괴상하다고요? 어쩌면 괴상한 사랑이라고 할 수 있습니다. 현실을 초월한 폭풍 같은 사랑은 행복인 동시에 고통이었습니다. 하지만 그가 만든 사랑의 궤도는 유령을 불러낼 정도로 영혼을 넘나들었습니다. 한 번쯤 사랑하는 사람의 영혼이 어떤 궤도를 타고 있는지 생각해보는 것은 어떨까요?

,

그 이름 대신에 나를 가지세요

윌리엄 셰익스피어 『로미오와 줄리엣』

그대의 이름만이 나의 적일 뿐이에요.
몬터규가 아니라도 그대는 그대이죠.
몬터규가 뭔데요? 손도 발도 아니고
팔이나 얼굴이나 사람 몸 가운데
어느 것도 아니에요. 오, 다른 이름 가지세요!
이름이 별건가요? 우리가 장미라 부르는 건
다른 어떤 말로도 같은 향기 날 거예요.
로미오도 마찬가지, 로미오라 안 불러도
호칭 없이 소유했던 그 귀중한 완벽성을
유지할 거예요. 로미오, 그 이름을 벗어요,
그대와 상관없는 그 이름 대신에
나를 다 가지세요.

누구나 한 번쯤 해봤을 사랑의 맹세. 사랑하는 마음을 제대로 보여줄 수 있는 대상이 있다면 더 이상 그리움에 흔들리지 않을 것입니다. 우리가 사랑을 고백하는 대상은 어딘가 모르게 열정을 품은, 매혹적이면서도 아직 실현되지 않은 가능성이기도 합니다. 가끔씩 달에게 맹세하는 것을 보게 됩니다. 달 없는 밤은 생각만으로도 어둡습니다. 달이 없다고 한다면 사랑을 아무렇게나 해도 두려워하지 않을 것입니다. 그러니 달에게 사랑을 고백하는 것은 상대적인 것이 아니라 절대적인 행복이라고 할 수 있습니다. 사랑이 언젠가는 달빛처럼 빛날 것을 믿는 만큼이나 우리는 신기하게도 더 많이 사랑하게 됩니다.

그런데도 셰익스피어(William Shakespeare)의 『로미오와 줄리엣』에서 줄리엣은 로미오에게, 달에게 맹세하지 말라고 당부했습니다. 사랑은 언제나 변하지 않아야 하는데 조금이라도 변한다면 결코 사랑이라고 할 수 없습니다. 반면에 그는 사랑하는 마음만 있으면 되는 까닭에 달의 모양은 중요하지 않았습니다. 하지만 그녀는 사랑의 맹세를 하기에는 달의 모양이 영원하지 않다는 것을 염려했습니다. 사랑의 맹세를 하려면 품위 있는 자신에게 맹세하라고 했습니다. 또한 "번개 친다"를 말하기도 전에 사라지는 번개처럼 너무 성급하거나 무모하지 않기를 바랐습니다.

사랑은 장식이 아니에요

그녀는 사랑의 새싹은 여름의 숨결로 자라나 다음에 만날 땐 예쁜 꽃이 필 것이라고 했습니다. 하지만 그들의 사랑은 예쁜 꽃을 피우지 못했습니다. 그들의 가문은 서로 오래 묵은 앙숙이었고, 그래서 사랑에 빠진 그들의 불행은 숙명적이었습니다. 그들은 첫 키스를 하였지만 서로의 이름을 몰랐습니다. 하지만 서로의 이름을 알게 된 후 사랑은 가혹해졌습니다.

과연 원수를 사랑할 수 있을까요? 그의 이름만이 그녀의 적이었습니다. 몬터규는 그의 손도 발도, 얼굴이나 몸 가운데 어느 것도 아니었습니다. 그녀는 그의 이름을 거부하면서 "로미오, 왜 그대는 로미오인가요?"라고 안타깝게 외칩니다.

사랑을 마음이 아니라 눈으로 하게 되면 관습적으로 미모, 가문 등만 따지게 됩니다. 또한 사랑을 입으로 하면서 이런저런 상상을 불러일으킬 수 있습니다. 그러나 상상 속에 아무런 내용

In Bed: The Kiss
Henri de Toulouse-Lautrec

이 없다면, 즉 환상만 자극한다면 이런 사랑은 한숨만 나오게 됩니다. 그녀가 말한 대로 "말보다는 내용으로 가득한 상상력은 장식이 아니라 본질을 뽐내는 법" 아닐까요?

그래서 사랑은 눈과 입이 하나가 되어야 합니다. 어느 하나만으로는 사랑의 기쁨을 제대로 만끽할 수 없습니다. 사랑의 진정한 아름다움은 형식적인 것이 아니어야 하는데, 다시 말하면 사랑은 장식이 아니라는 것입니다.

⋮ 죽음을 넘어서는 사랑

스무 자루 칼보다도 더 큰 위험이 그녀의 눈에 있다고 했던 그는 사랑을 위해 무엇이든 할 수 있다고 했습니다. 그들은 이름을 버리면서까지 불행을 이겨내려고 했으나 끝내 그러지 못했습니다. 순수한 사랑은 죽음을 삼키고 말았습니다. 『로미오와 줄리엣』을 번역한 최종철 교수는 「작품 해설」에서 다음과 같이 말합니다.

> 그렇다면 줄리엣의 자결이 보여주는 이 슬픔 속의 기쁨, 예이츠의 표현을 빌리면 이 '무서운 아름다움(terrible beauty)'은 어디에서

연유하는 것일까? 그것은 이 비극의 주제일 뿐만 아니라 주된 구성 원리로 작동하고 있는 사랑의 모순어법에서 나온다. 서로 미워하는 두 원수 집안의 자식으로 태어나 서로를 사랑하게 된 로미오와 줄리엣은 그들을 죽음으로 몰아가는 운명에 한편으로는 대항하지만 다른 한편으로는 그것을 받아들이며, 결국에는 살아 있는 죽음을 통하여 죽음을 넘어서는 사랑을 이룬다.

사랑이 물음표이거나 느낌표라고 한다면 사랑은 예쁜 꽃을 피우겠지요. 그들은 불행한 운명 앞에서도 포기하지 않을 정도로, 유일한 미움을 넘어 유일한 사랑을 할 정도로 순수했습니다. 하지만 그들의 사랑에는 "죽음표"가 붙어 있었습니다. 그들의 사랑은 죽은 꽃을 피웠습니다.

사랑이 죽음으로 소진되는 것은 치명적입니다. 죽음을 넘어서는 사랑을 통해 오히려 영원히 사랑받고 싶다는 갈망. 이렇게 사랑은 무서운 아름다움인지 모릅니다.

,

당신이
내 종교예요

어니스트 헤밍웨이 『무기여 잘 있어라』

하지만 나는 그럴 거예요. 난 당신이 원하는 것만 말할 거예요. 당신이 원하는 걸 해줄 거예요. 그러면 당신은 절대로 다른 여자들을 원하지 않겠죠? 당신이 원하는 대로 해주고, 또 당신이 원하는 것만 얘기하겠어요. 그러면 당신 마음에 쏙 들겠죠?

일찍이 르네 데카르트는 "나는 생각한다. 그러므로 나는 존재한다"라고 말했습니다. 하지만 어니스트 헤밍웨이(Ernest Hemingway)의 『무기여 잘 있어라』에서 헨리는 "나는 생각하도록 태어나지 않았다"고 했습니다. 그러면서 생각이 아닌 "음식을 먹도록 태어났다"고 했습니다.

먹는다는 것은 단순한 욕구를 충족하는 행위입니다. 단순함은 굳이 생각을 많이 하며 고민하지 않아도 됩니다. 우리는 종종 영광이나 명예, 그 밖에 인간에게 부여된 정의를 복잡하게 생각합니다. 하지만 이러한 추상적인 말은 그에게 마치 빗속에서 듣는 것처럼 공허할 뿐만 아니라, 보이는 것만큼 희망적인 말이 아니었습니다. 어쩌면 자신의 인생을 낭비하게 할 정도로 섬뜩했습니다.

그는 제1차 세계대전이 발발하자 앰뷸런스 부대의 장교로 참전했습니다. 전쟁에 대한 어떠한 명분이나 의무감도 없었던 그는 언제 끝날지 모르는, 아니 끝이 없는 전쟁에 대한 두려움 때문에 전쟁을 혐오했습니다.

누구나 전쟁이 나쁘다는 것을 알면서도 전쟁을 그만둘 수 없기 때문에 모두가 미쳐버리게 되는 악순환을 반복할 뿐입니다. 전쟁의 비인간성과 비합리성을 생각하면 절망적이었습니다. 그래서 그는 신성이니 영광이니 희생이니 하는 공허한 표현을 들으면 언제나 당혹했습니다. 그는 사람들이 영광스럽다고 부르는 것에서 조금도 영광스러움을 느낄 수 없었으며, 누군가 희생되었다고 해서 원망하거나 후회하지도 않았습니다.

⋮ 설명할 수 없는 사랑

누군가를 좋아한다고 하더라도 마찬가지입니다. 그는 심한 무력감 때문에 사랑이 부담스러웠습니다. 간호사인 캐서린을 사랑한다고 했지만 진심은 아니었습니다. 매일 저녁 장교 위안소에 가는 것보다 그녀에게로 돌아가는 것이 훨씬 나았을 뿐입니다. 이것은 마치 카드 대신 말로 하는 브리지 게임 같은 것이었습니다. 당분간 그녀에게 친절하게 대하면 그만이었습니다. 그는 어느 누구와도 사랑에 빠지고 싶은 생각이 없었습니다. 그저 날카롭고 투명한 쾌감으로 밤낮을 보내고 싶었을 뿐입니다.

하지만 세상일이라는 건, 언제나 설명이 가능할 것 같아도 설명할 수 없는 순간이 있습니다. 그럴 때 우리는 이상한 삶을 살게 됩니다. 그의 지나친 냉소주의는 삶에서 희망을 찾는 것이 아니라 자기방어입니다. 부상당한 그가 병실에서 그녀의 간호를 받으면서 그녀와 사랑에 빠지리라고는 꿈에도 생각하지 못했습니다. 어디 그뿐인가요? 그는 하느님을 사랑하지 않았으며 오히려 두려워했는데 하느님께 맹세코 그녀와 사랑에 빠졌다고 고백했습니다.

그녀 또한 이상하게도 그가 정말로 친절하고 소중한 사람이라는 감정이 생겨나면서 그를 간호하며 그가 원하는 것을 해주고 싶었습니다. 그것이 곧 그녀가 원하는 것이었습니다. 그녀의 존재는 더 이상 없었습니다. 오직 그가 원하는 것을 다 해주는 사랑스럽고 착한 여자가 있을 뿐이었습니다.

⋮ 당신이라는 종교

그는 아이가 생길 것을 염려해서 그녀와 정식으로 결혼하고 싶었습니다. 하지만 그녀는 이미 결혼한 사람처럼 지내고 있기 때문에 새삼 결혼이 중요하지 않다고 생각했습니다. 그녀는 거듭 '나'라는 존재는 없으며 내가 바로 '당신'이라고 했습니다. 그가 행복하고 자랑스럽게 생각한다면 아무것도 부끄러워할 필요가

Hope II
Gustav Klimt

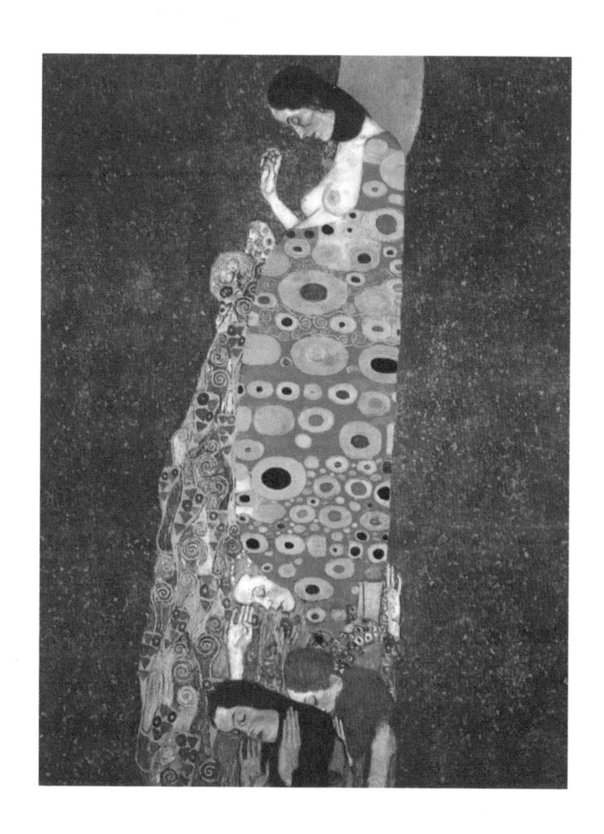

없다고 했습니다. 그럼에도 그가 그녀를 걱정하자 그녀는 다음과 같이 말합니다.

> 당신 곁을 떠나는 것 말고는 아무것도 걱정하지 않아요. 당신이 내 종교예요. 당신은 내가 가진 전부라고요.

그의 안전을 위해 성(聖) 안토니오(로마 가톨릭의 기적의 수호성인) 상이 새겨진 목걸이를 주었던 것을 떠올려보면 그녀가 가톨릭 신자라고 짐작할 수도 있습니다. 하지만 그녀는 종교가 없었습니다. 누군가 그녀에게 준 행운의 선물이 이제는 그에게 도움이 되기를 바랄 뿐이었습니다. 만약 그녀가 가톨릭 신자였다면 하느님을 사랑하고 그분께 봉사하는 것이 커다란 행복인 동시에 문제가 되었을 것입니다. 하지만 무신론자인 그녀가 용기 있게 종교를 말할 때는 종교적인 감정을 불러일으킵니다. 그녀에게 사랑은 그 사람을 위해 봉사하고 싶다는 것을 의미합니다.

⋮

한 사람을 사랑한다면

그들은 함께여서 세상 사람들에게 맞선 고독을 느낄 뿐, 결코 고독하지도 두렵지도 않았습니다. 행복하거나 감사하다는 특별한 감정도 생겨났습니다. 그래서 이 세상에서 가장 소중한 것이 뭐냐고 물었을 때 그는 "사랑하는 사람"이라고 말합니다.

에리히 프롬은 『사랑의 기술』에서 다음과 같이 말합니다.

> 만일 내가 참으로 한 사람을 사랑한다면 나는 모든 사람을 사랑하고 세계를 사랑하고 삶을 사랑하게 된다. 만일 내가 어떤 사람에게 '나는 당신을 사랑한다'고 말할 수 있다면, '나는 당신을 통해 모든 사람을 사랑하고 당신을 통해 세계를 사랑하고 당신을 통해 나 자신도 사랑한다'고 말할 수 있어야 한다.

처음에는 뭔지 몰랐으나 나중에 그녀가 소중한 존재라는 것을 알게 해준 사랑이라는 감정. 그럼에도 사랑하면서 불편할 정도로 덫에 걸릴 때도 있습니다. 이럴 때 사랑이 종교적인 감정이라는 것을 되새겨보면 어떨까요? 사랑이 경건해질수록 무의미한 삶에 절망하거나 포기하지 않고 기쁨으로 받아들일 수 있습니다.

,

초콜릿을 녹일 물처럼 끓어오르는

라우라 에스키벨 『달콤 쌉싸름한 초콜릿』

우리 모두 몸 안에 성냥갑 하나씩을 가지고 태어나지만 혼자서는 그 성냥에 불을 댕길 수 없다고 하셨죠. 방금 한 실험에서처럼 산소와 촛불의 도움이 필요하다는 거예요. 예를 들어 산소는 사랑하는 사람의 입김이 될 수 있습니다. 그리고 촛불은 펑 하고 성냥불을 일으켜줄 수 있는 음식이나 음악, 애무, 언어, 소리가 되겠지요. …… 사람들은 각자 살아가기 위해 자신의 불꽃을 일으켜줄 수 있는 것이 무엇인지 찾아야만 합니다. 그 불꽃이 일면서 생기는 연소 작용이 영혼을 살찌우지요. 다시 말해 불꽃은 영혼의 양식인 것입니다. 자신의 불씨를 지펴줄 뭔가를 제때 찾아내지 못하면 성냥갑이 축축해져서 한 개비의 불도 지필 수 없게 됩니다.

⋮

몸속의 성냥갑

왜 사랑을 하게 되면 어느 순간 온몸이 활활 타오르게 되는 걸까요? 사랑의 설렘이 도파민 같은 호르몬을 흘러넘치게 해서 그럴 수 있습니다. 그런가 하면 우리가 의식하지 못해도 사랑을 움직이는 무언가가 우리의 몸속에 깊이 숨겨져 있을 수도 있습니다.

라우라 에스키벨(Laura Esquivel)은 『달콤 쌉싸름한 초콜릿』에서 우리는 몸 안에 성냥갑 하나씩을 가지고 태어난다고 했습니다. 그래서 사람들은 각자 자신의 불꽃을 지펴줄 것을 찾아야 하는 것입니다. 만약에 어느 누구도 사랑하지 않는다면, 그렇게 타오르는 일도 없을 것입니다. 성냥갑이 혼자 타오를 수 없듯이 사랑도 마찬가지입니다. 산소와 같은 사랑하는 사람의 따뜻한 입김이 있어야 합니다.

라 가르다 가문에 막내딸로 태어난 티타는 자신의 운명을 알기라도 한 것처럼 어릴 때부터 부엌에 큰 애착을 느꼈습니다. 가문의 전통에 의하면 막내딸은 부모가 죽는 날까지 돌봐야 하기 때문에 결혼조차 할 수 없었습니다.

부엌은 미지의 위험으로 가득 찬 두려운 세상이었지만 그녀는 부엌에서 살다시피 했습니다. 비록 삶의 즐거움과 먹는 즐거움을 혼동했지만 부엌에 관해서만큼은 완벽했습니다. 그래서 그녀는 음식에 특별히 뛰어난 감각을 지니게 되었습니다.

⋮

사랑 없는 결혼

이제까지 가문의 관습에 어긋난 사람은 없었습니다. 이런 불합리한 결정에 그녀는 슬픈 눈물만 흘릴 뿐이었습니다. 그러면서도 머릿속은 수많은 질문과 불만으로 가득 찼습니다. 완벽한 전통이라고 만든 사람에게 자그마한 허점이 있다는 것을 알려줄 수 있다면 속이 다 후련할 것 같았습니다.

그녀의 커다란 의문은 '결혼할 수 없다고 하더라도 사랑이 뭔지는 알게 내버려둬야 하는 것은 아닌가?'라는 것이었습니다. 운명의 방향을 조금도 바꿀 수 없었던 그녀는 청혼을 포기하라는 내용의 편지를 페드로에게 보냈습니다. 그런데 예측할 수 없는 운명, 페드로가 청혼하기 위해 왔습니다. 편지가 제대로 전달되지 않았던 걸까요?

하지만 그녀의 어머니 엘레나는 그녀가 왜 결혼할 수 없는지를 말해주었습니다. 만약 페드로가 결혼해야 한다면 둘째 딸 로사우라와는 언제든지 가능하다고 했습니다. 엘레나가 가능성이 있다고 한 것은 전혀 가능성이 없는 것과 다르지 않았습니다. 그것은 페드로에게 사랑 없는 결혼을 할 수 있는지를 물어보는 난감한 질문이었습니다.

그런데 놀랍게도 페드로는 로사우라와 결혼하기로 했습니다. 사랑하는 여자와 절대 결혼은 할 수 없고 그녀 가까이에 있을 수 있는 유일한 기회였기 때문입니다. 그러면서 페드로는 그녀에게 사랑을 고백하면서 사랑을 기다려도 좋을지 물었습니다. 하지만 그녀가 대답 대신에 생각할 시간을 달라고 하자 그는 다음과 같이 말했습니다.

> 사랑은 생각하는 게 아니에요. 느낌으로 오는 거지요.

⋮

강렬한 불길

그녀의 성냥갑을 타오르게 할 산소는 페드로였습니다. 그리고 촛불은 요리였습니다. 페드로 부부와 한 집에 살면서 그녀가 만든 음식의 맛과 향기, 느낌은 페드로에게 전해졌습니다. 그녀는 음식으로 페드로와 교감하면서 자신의 몸을 통해 사랑이라는 느낌을 깨달았습니다. 즉 모든 물질이 왜 불에 닿으면 변하는지, 불같은 사랑을 겪어보지 못한 가슴은 왜 아무런 쓸모도 없는 반죽 덩어리에 불과한지를 알 것 같았습니다. 그녀가 만든 최고의 요리가 이 기간 동안에 만들어진 것은 결코 우연이 아니었습니다. 사랑이라는 비법 때문에 신들이나 먹을 수 있는 황홀한 음식이 만들어진 것입니다.

하지만 그들의 금지된 사랑은 엘레나의 차가운 입김 때문에 제대로 타오르지 못했습니다. 그런 사람이 옆에 있는 것만으로도 가장 강렬한 불길이 꺼질 수 있기 때문입니다. 그래서 그녀는 관습이 없는 곳으로, 어머니가 없는 곳으로 가고 싶었습니다. 결국 그녀가 어머니를 엄마라고 부르는, 절대 용서할 수 없는 일이 생겼습니다. 그녀가 미치지 않고서는 절대로 엄마라고 부를 수 없었습니다. 그만큼 그녀는 자기 목소리를 낼 수 없었습니다.

화가 난 엘레나는 존 브라운 박사에게 그녀를 정신병원으로 데려다 달라고 했습니다. 하지만 존은 그녀를 자기 집으로 데려가 정성껏 치료했습니다. 그녀는 존의 집에 머무르면서 어머니의 명령에서 자유로워진 손을 볼 수 있었습니다.

Still Life with Pestle, Bowl, Copper Cauldron, Onions and a Knife
Jean-Baptiste-Simeon Chardin

사랑의 화학반응이 일으키는, 마음속에서 부글부글 끓어오르던 느낌을 도저히 말로 설명할 수 없었는데 아마도 그것은 존이 말한 불꽃이었을 것입니다. 그녀는 자신의 정열에 불을 지펴줄 수 있는 사람이 누구인지 고민했습니다. 사랑을 확신하게 하는 사람만이 동반자가 될 수 있는데 그 사람이 존일까요? 아니면 페드로일까요?

그녀는 무조건적으로 자기를 위해 헌신하는 존이 진정한 사랑이라고 확신했습니다. 존은 그녀에게 자유의 길을 열어준 사람이었습니다. 엘레나의 장례식 날 돌아온 페드로는 사랑받을 자격이 없었습니다. 그녀를 남겨둔 채 떠나버린 나약함을 절대 용서할 수 없었습니다. 그래서 그녀는 페드로에게 다음에 또 사랑에 빠지게 되거든 절대 그렇게 겁쟁이가 되지 말라고 했습니다.

그러나 페드로가 겁쟁이라는 것이 과연 진실일까요? 삶이란 자기가 원하는 것을 이루는 데 생각보다 더 많은 대가를 치러야 합니다. 비록 페드로가 로사우라와 결혼했지만 그녀를 사랑하는 것은 진실이었습니다. 그들은 오랜 세월이 흐른 후에도 여전히 서로 강렬한 시선을 주고받으며 '초콜릿을 끓일 물'처럼 부글부글 끓어올랐습니다. 지금까지의 모든 시련은 진실을 외면한 대가였는지 모릅니다. 이제 그들은 진실을 밝히기만 하면 되었습니다.

페드로는 그녀에게 아내가 되어달라고 청혼하면서 오랜 세월 억눌려 있던 불같은 사랑을 했습니다. 하지만 사랑이 한꺼번에 타올라 페드로는 영혼 없는 육체가 되었습니다. 그녀는 두 번 다시 불꽃을 볼 수 없다는 슬픔으로 성냥에 불을 붙였습니다. 불길에 휩싸인 그들의 몸에서 환한 불꽃이 치솟았습니다.

⋮

사랑은 열병

세상에는 많은 요리법들이 있습니다. 요리법에 나오는 대로 한다면 요리에 대한 두려움은 없을 것입니다. 하지만 최고의 요리는 그렇게 만들어지는 것이 아닙니다. 스탕달은 『스탕달의 연애론』에서 다음과 같이 말했습니다.

> 사랑은 열병과 같아 자신의 의지와는 상관없이 피고 진다. 이것이 바로 취미로 하는 사랑과 열정적인 사랑의 차이점이다. 사랑

> 하는 사람이 아름답거나 누구나 탐낼 만한 장점을 갖고 있는 것은 어쩌다 주어지는 행운일 뿐, 그저 주어진 대로 감사하며 받아들일 수밖에 없다. 열정적인 사랑이란 상대의 조건을 골라가며 할 수 있는 것이 아니기 때문이다.

우리의 몸과 마음이 축축하게 젖어 있다면 그녀의 '장미 꽃잎을 곁들인 메추리 요리'와 '호두 소스를 끼얹은 칠레고추 요리'를 먹어보는 것은 어떨까요? 아마도 걷잡을 수 없이 사랑의 불꽃이 타오르게 될 것입니다. 그녀가 사랑을 듬뿍 담아 만든 덕분입니다. 이렇듯 최고의 사랑은 몸속의 성냥갑을 타오르게 하는 따뜻한 입김이겠지요.

Chapter 2

성장 — 한 세계에서 다른 세계로

,

줄기를 잘린 나무

헤르만 헤세 『수레바퀴 아래서』

줄기를 잘라낸 나무는 뿌리 근처에서 다시 새로운 싹이 움터 나온다. 이처럼 왕성한 시기에 병들어 상처 입은 영혼 또한 꿈으로 가득 찬 봄날 같은 어린 시절로 되돌아가기도 한다. 마치 거기서 새로운 희망을 찾아내어 끊어진 생명의 끈을 다시금 이을 수 있기라도 한 듯이. 뿌리에서 움튼 새싹은 하루가 다르게 무럭무럭 자라나지만, 그것은 단지 겉으로 보여지는 생명에 불과할 뿐, 결코 다시 나무가 되지는 않는다.

심리학자이자 베테랑 낚시꾼인 폴 퀸네트(Paul Quinnett)는 『인생의 어느 순간에는 반드시 낚시를 해야 할 때가 온다』에서 인생의 첫 번째 교훈은 낚시를 즐기는 것이라고 말합니다. 무엇이든 진정으로 사랑하는 것이야말로 인생의 기쁨이기 때문입니다.

헤르만 헤세(Hermann Hesse)의 『수레바퀴 아래서』에서 한스 기벤라트는 어린 시절 내내 자유롭고 거친 즐거움인 낚시에 빠져 지냈습니다. 물 위에 어른거리는 불빛과 길게 늘어진 낚싯대의 잔잔한 흔들림, 미끼를 문 고기를 끌어당길 때의 흥분, 차갑게 꼬리를 흔들어대는 살이 오른 물고기를 손에 잡아 들 때의 형용할 수 없는 기쁨!

그러나 그의 아버지는 이런 기쁨을 알지 못했습니다. 속물근성을 지닌 아버지 입장에서는 공부해야 할 아들이 낚시를 한다는 것은 안전한 길이 아니었습니다. 속물근성이 뭔가요? 돈과 물질적인 것이 최고라고 생각하는 것입니다. 그러니 그의 마음에 먼지가 켜켜이 쌓이는 것은 당연한 일입니다. 그는 자신의 욕심을 위해 아들의 인생을 저당 잡으려 했습니다. 똑똑한 아들만큼 확실한 보증 수표는 없으니까요.

다행히 아들은 남들이 부러워하는 모범생이었으며 영리한 두뇌를 가진 특별한 존재였습니다. 특별한 존재에게 인생의 정답은 좁은 문을 통과하는 것입니다. 좁은 문을 통과하면 언제든 낚시를 할 수 있다고 아버지는 듣기 좋게 말합니다.

⋮

줄기를 잘라낸 나무

그러나 좁은 문을 통과한다고 해서 끝이 아닙니다. 그가 주(州) 시험에 합격하여 신학교에 입학하는 좁은 문을 통과하는 것은 시작에 불과합니다. 신학교에서도 다른 학우들보다 앞서기 위해서는 더욱 열심히 노력해야 합니다. 그러나 정작 왜 그래야 하는지는 그 자신도 알 수가 없었습니다. 승리에 대한 조급함과 주위의 기대가 커질수록 외로움이 소용돌이쳤습니다.

무작정 앞으로 나아가려고 하는 욕망 때문에 그는 정체불명의 두통에 시달렸습니다. 그런데도 어른들은 그에게 공부를 독려하면서 이렇게 말합니다.

> 그럼, 그래야지. 아무튼 지치지 않도록 해야 하네. 그렇지 않으면 수레바퀴 아래 깔리게 될지도 모르니까.

View of Arles with Trees in Blossom
Vincent van Gogh

기성 사회의 권위와 억압적인 제도, 어른들의 위선과 잘못된 욕망 등 그를 짓누르는 수레바퀴에 대해, 누구는 참고 견디라고 하고 누구는 그만두라고 합니다. 누가 옳고 누가 그른지를 판단하기란 쉽지 않습니다.

학교가 하는 일은 자연 상태의 인간인 학생들을 사회의 구성원으로 길들이는 것입니다. 자연이 만든 인간은 불투명하고 위험스러운 존재입니다. 작가 말대로 길도 없는 원시림입니다. 그래서 원시림의 나무를 베고 깨끗하게 치워야 합니다. 문제는 학생들을 정해진 원칙에 따라 "줄기를 잘라낸 나무"로 만든다는 것입니다. 줄기를 잘라낸 나무는 아무런 개성도 없습니다. 어디 그뿐인가요? 이런 나무는 결코 나무가 될 수 없습니다.

따분하고 가엾은 위선자

학교에서의 공부는 마치 수학 문제를 푸는 것과 같습니다. 수학 문제를 잘 풀면 훌륭한 대답을 찾을 수 있습니다. 수학의 세계에서는 미로를 헤매거나 남을 속이는 일이 없습니다. 주제 영역을 벗어나 다른 곳에서 서성거릴 가능성도 없습니다. 수학 문제를 잘 풀면 가고자 하는 곳에 남들보다 빨리 갈 수 있습니다. 그래서 학교에서는 누구나 수학을 꼭 해야 합니다. 비록 얼마간의 고통이야 있겠지만 그 고통을 통과하기만 하면 기쁨이 찾아오기 때문입니다. 그러나 목적을 위한 공부에만 매달리면 자칫 즐거움을 모르는, 따분하고 가엾은 위선자가 될 위험이 있습니다.

반면에 그와 같이 호머의 시를 좋아하는 학생에게 수학은 이해하기 힘든 고통입니다. 딱딱한 수학의 법칙이나 공식을 외우기에는 그의 가슴은 너무도 섬세하고 자신의 정체성에 대한 생각으로 가득했습니다. 그래서 학교의 수레바퀴에서 벗어날 뿐입니다.

물론 수학을 하는 사람도 호머의 시를 공부합니다. 하지만 호머의 시마저도 수학 문제를 다루듯 하다 보니 마치 요리책을 보는 것과 다를 바 없습니다. 시에 담긴 내용보다는 단어의 쓰임새에 대한 이런저런 궁리만을 생각합니다. 성적만을 최고로 여기는 학교에서 시를 좋아하는 것은 아무런 효과가 없다는 게 슬픈 현실입니다.

시가 세상에 있는 까닭은

이런 고민은 역사 공부를 할 때도 마찬가지입니다. 과거의 사실이나 영웅의 이름만을 달달 외우는 암기식 공부로는 살아 있는 영웅을 눈앞에서 만날 수도, 손으로 만질 수도 없습니다. N. H 클라인바움(N. H. Kleinbaum)은 『죽은 시인의 사회』에서 다음과 같이 말합니다.

> 시를 읽는다는 건, 다른 이유가 없다. 그 사람이 인류의 한 사람이기 때문이다. 게다가 그 인류야말로 열정의 집합체라는 것을 잊지 마라. 의학, 법률, 금융, 이런 것들은 모두 삶을 유지하기 위해 필요한 것들이다. 그렇다면 시, 낭만, 사랑, 아름다움이 세상에 있는 까닭은 무엇일까? 그건 바로 사람들의 삶의 양식이기 때문이다. 삶의 양식 말이다.

수학이 아니라 시를 읽어야 하는 이유는 학생들에게 당혹감을 느끼게 할 만합니다. 학생들은 계산만 잘하면 되는데 굳이 엉뚱한 공부를 해서 경쟁에서 뒤쳐질까 봐 두려워합니다. 그리고 세상 사람들은 스펙을 쌓는 것이 자신을 유지하는 최선의 공부라고 말합니다. 하지만 우리에게는 당당하게 공부할 권리가 없는 걸까요? 아주 단순하게 "카르페 디엠(carpe diem)", 마음껏 현재를 즐길 수 있었으면 좋겠습니다.

,

인간적 사랑을 간직한
고결한 심장

찰스 디킨스 「위대한 유산」

자, 사랑하는 비디, 만약 네가 나와 함께 이 세상을 살아가겠다고 말해줄 수 있다면, 그것으로 인해 틀림없이 이 세상은 나에게 더 아름다운 곳이 될 것이고 나 역시 이 세상에 좀 더 가치 있는 사람이 될 거야. 그리고 나는 너를 위해 이 세상을 더 아름다운 곳으로 만들기 위해 열심히 노력할 거야.

다른 삶에 대한 갈망

『탈무드』를 보면 '인생은 바이올린 줄'이라고 합니다. 바이올린 줄이 팽팽하게 당겨져 있지 않으면 아무런 소용이 없기 때문입니다. 이런 줄에는 많은 가능성이 숨겨져 있기 마련이고, 바이올린을 켜는 사람에 따라서 훌륭한 음색이 나온다는 것입니다. 마찬가지로 인간도 어려움 속에서 비로소 아름다운 음색이 나온다고 했습니다. 자기 속에 숨겨져 있는 가장 아름다운 음색을 내기 위해서 괴로움이나 인내, 어떤 때는 실패라는 대가를 치르는 일도 필요하다는 것입니다.

찰스 디킨스(Charles Dickens)의 『위대한 유산』에 나오는 핍은 지금의 생활로는 만족할 수 없어 다른 종류의 삶을 살고 싶었습니다. 그 또한 바이올린 줄을 팽팽히 당겨보려고 했는데 그가 선택한 것은 바로 신사가 되는 것입니다.

신사! 물질적으로 풍족하고 사람의 품격이 좋아 보일 수 있으니 누구라도 신사가 되기를 바랄 것입니다. 하지만 가난한 노동자의 운명을 타고난 그가 신사가 된다는 것은 거의 불가능해 보였습니다. 경제적으로 넉넉하지 못하고 불안하게 자란 탓에 늘 열등의식에 사로잡혀 있던 그는 비참한 삶을 살 수밖에 없었습니다.

만약에 그가 엄청난 부자인 미스 해비셤에게 초대받지 않았다면 그의 가슴이 5만 배나 복잡하게 뒤엉키면서 찢어지지는 않았을 것입니다. 또한 숙녀 에스텔러 앞에서 자신의 삶을 초라하게 느끼고 갈비뼈 하나가 부러질 정도로 상처를 받지도 않았을 것입니다. 그러면 지금까지 살고 있는 이쪽 세상이 아닌 저쪽 세상, 즉 신사를 갈망하는 마음도 생기지 않았을 것입니다.

⋮

가련한 환상

인생의 특별한 순간, 즉 신사가 되고 싶다고 생각한 순간 이전에, 그는 매부인 조가 운영하는 대장장이의 도제로서 나름대로 행복하게 살았습니다. 한편으로는 평범하고 수수한 비디의 도움으로 알파벳을 깨우쳐나가면서 자신의 비범함을 찾으려고 했습니다. 그는 타고난 운명대로 사는 정직한 삶은 아무것도 부끄러워할 게 없다고 여겼습니다.

하지만 신사가 되고 싶다는 마음이 생기고부터는 자기 직업과 생활이 부끄러워졌습니다. 무엇보다도 그가 어려운 가정환경에서도 꿋꿋하고 올바른 사람이 될 수 있었던 것은 오로지 조가 보여준 강한 근면성 때문이었습니다. 그러나 비록 조가 이 세상 누구보다 좋은 사람이라고 하더라도 지식이나 예절은 뒤떨어질 만큼 충분하지 않다는 것이 문제였습니다.

이러한 두려움과 설렘 속에서 그는 뜻밖의 행운을 맞이하게 됩니다. 정체를 밝히지 않는 후견인이 그가 신사가 될 수 있도록 인생을 변화시켜 주었습니다. 혹독한 가난 속에서 부족한 생활을 했던 그는 아주 여유로운 생활을 하게 되었습니다.

하지만 신분 상승에 대한 욕망이 절실했던 그에게 신사가 된다는 것은 오히려 인간성의 나쁜 측면을 드러내고 말았습니다. 가령, 가슴속에 부드러움이 전혀 없는 에스텔러는 동정심을 바보 같은 것으로 얕잡아 보았습니다. 그런데도 그는 그녀에게 사랑을 고백했습니다. 신사의 매력에 빠진 나머지 그는 사랑이라는 가련한 환상에 기대를 하게 됩니다.

장식물 같은 존재

돌이켜보면 그에게 신사는 멘토였습니다. 에스텔러를 숙녀로 부르는 것과 다를 바 없습니다. 사람들은 사회적 명성과 지위 그리고 여유로운 삶을 가진 그들, 즉 신사나 숙녀처럼 살고 싶어 하니까요. 하지만 그들이 삶에 긍정적인 영향을 끼친다 해도 자신의 의지를 잃어버려서는 안 됩니다. 타인이 선택하거나 강요하기보다는 자신의 적극적인 선택이어야 합니다. 어떤 선택을 두고 상대방의 잘잘못을 따진다고 해서 고민이 해결되는 것은 아닙니다. 어디까지나 자신의 문제는 자신이 제일 잘 알기 때문입니다.

자신의 문제를 발견하기까지 어떤 한 사람의 영향력이 이 세상에 어느 정도인지 아는 것은 가능하지 않습니다. 그러나 한 사람의 영향력이 바로 자신의 곁을 지나갈 때는 아주 특별합니다. 특별하다는 것은 이런 일이 인생에 몇 번 있을까 말까 해서가 아니라 한 사람의 영향력이 그만큼 강력하기 때문입니다.

그가 신사가 되고 싶다고 생각한 순간부터 자기 집을 부끄럽게 여기고 배은망덕하게 되거나 에스텔러가 그토록 심장이 없는 숙녀가 된 것은 모두 미스 해비셤의 영향 때문이었습니다. 우선 미스 해비셤은 에스텔러가 숙녀가 되도록 물심양면으로 도왔습니다. 하지만 미스 해비셤은 세상을 등진 채 자기만의 치유의 방법으로 그녀를 숙녀로 만든 것입니다.

결혼식 날 신랑에게 버림받은 상처가 있는 미스 해비셤은 배신당한 애정과 상처받은 자존심에 대한 복수를 하기 위해 에스텔러를 밤낮으로 감시하면서 결국에는 장식물 같은 존재로 만들어버렸습니다. 무엇보다도 그녀의 가슴에 따듯함이 전혀 없는 얼음을 채워놓았습니다. 이런 그녀에게 모든 아름다운 상상의 화신이라고 말하면서 마음을 빼앗긴 그는 허영심에 가득 찬 신사라는 고질병에 걸리고 말았습니다.

⋮

고결한 사람

그래서 우리는 물질적 보상이나 어떤 앙갚음을 위해, 또는 호감을 얻기 위해 신사가 되려고 하는 것은 고통의 끝이 아니라 시작임을 알게 됩니다. 돈으로 신사를 살 수는 있겠지만 그렇다고 해서 신사가 되는 것은 결코 아닙니다.

한편으로 신사에 집착하는 세상에서 신사라는 명분이 아닌 자신의 의무를 다하며 정직하게 사는 사람들도 있습니다. 돈으로 살 수 없는 것을 추구하며 자신의 일에 만족하며 사는 순박한 사람들 말입니다. 솔직히 말해서 순박한 사람들은 자신의 현재 자리에서 성실하고 훌륭하게 역할을 할 정도로 자존심이 아주 강합니다. 다시 말하면 순박한 사람들의 자존심은 설득의 대상이 아닙니다.

대장장이 조가 보여준 모습은 누구보다도 순수합니다. 그는 속물적인 인간으로 변해버린 핍으로부터 멸시와 조롱을 당했습니다. 하지만 신사의 꿈이 부서져버린 후유증으로 열병에 걸린 핍을 다정하고 정성스럽게 간호해주었습니다. 그러자 핍은 다음과 같이 말하면서 참회의 눈물을 흘렸습니다.

> 오 하느님, 그를 축복하소서! 오 하느님, 참 그리스도인다운 이 고결한 사람을 축복하소서!

고결한 사람(gentle man)! 우리가 아는 신사는 젠틀맨(gentleman)입니다. 그런데 고결한 사람은 놀랍게도 '젠틀 맨(gentle man)'입니다. 조는 그를 간호하면서도 어떤 칭찬이나 위로를 받으려고 하지 않았습니다. 조가 보여준 인간적 사랑에는 그들이 서로 최고의 친구가 되기를 바라는 마음뿐이었습니다. 무미건조한 삶을 사는 듯 보였던 조의 내면에는 놀랍게도 인간을, 사랑을 절실하게 원하는 순수한 마음밖에 없다는 것을 알게 됩니다.

Jeune Homme(L'Étudiant)
Amedeo Modigliani

우리는 자신을 남들보다 높은 존재로 만들고 싶어 합니다. 하지만 높은 존재가 되고 싶은 욕망에 사로잡힌 나머지 심장이 없는 사람이 되어버립니다. 피에르 신부는 『단순한 기쁨』에서 다음과 같이 말했습니다.

> 사랑은 타인의 자유에 대한 절대적 존중을 전제로 한다. 사랑하도록 강요받는다면 그것은 사랑이 아니다. 거기에 내 믿음의 세 번째 확신이 있다. 인간에게는 사랑하거나 사랑하지 않을 자유가 있다. 수십억 개의 은하계로 구성된 거대한 이 우주에서 우리가 알기로 인간만이 자유를 부여받은 유일한 피조물이다. 거대한 우주에 비춰볼 때 너무도 미미한 존재일지라도 인간은 무한한 가치를 지닌다. 그것은 인간이 자유를 가진 존재이며, 이 자유가 그로 하여금 사랑을 할 수 있게 만들어주기 때문이다. 바로 거기에 인간의 존엄성이 있다.

심장이 뛰지 않고 멈춘다면 우리가 살아 있는 것이 불가능합니다. 삶과 죽음의 단순함은 심장에서 얼마든지 찾을 수 있습니다. 하지만 우리에게 절실한 것은 펄펄 뛰는 심장만이 아닙니다. 그보다는 시공간을 초월하여 사랑을 위해 움직이는 심장이 우리로 하여금 더 아름답고 가치 있는 삶을 살게 해줍니다. 고결한 영혼을 불러일으키는 고결한 심장이야말로 우리에게 단순한 기쁨이며 위대한 유산이라고 할 수 있을 것입니다.

,

아름다움은 신의 선물

서머싯 몸 『인생의 베일』

난 이런 의문이 듭니다. 사람들이 추구하는 것들이 한갓 환영은 아닐까 하는 의문이. 그들의 삶은 그 자체로 아름답습니다. 우리가 살고 있는 이 세상을 역겨움 없이 바라볼 수 있도록 만드는 유일한 것은 인간이 이따금씩 혼돈 속에서 창조한 아름다움이라는 생각이 들어요. 그들이 그린 그림, 그들이 지은 음악, 그들이 쓴 책, 그들이 엮은 삶. 이 모든 아름다움 중에서 가장 다채로운 것은 아름다운 삶이죠. 그건 완벽한 예술 작품입니다.

⋮

눈부신 결혼

우리는 왜 어느 순간 폼 잡는 결혼을 하고 싶어 하는 것일까요? 결혼이라는 것이 꼭 사랑만으로 충분하지는 않습니다. 어느 정도는 폼을 잡습니다. 빼어난 외모와 미래가 창창한 직업을 가진, 더구나 유복한 사람이라면 남들 눈에 아주 그럴듯해 보일 수 있습니다. 이렇듯 폼 잡는 것은 결혼의 겉모습을 욕망하는 것입니다.

서머싯 몸(William Somerset Maugham)의 『인생의 베일』에 나오는 키티도 그런 눈부신 결혼을 꿈꾸었습니다. 그럭저럭 괜찮은 결혼이 아니라 눈부신 결혼을 꿈꾸는 것은 결혼에 대한 지나친 환상을 갖게 합니다. 다시 말해 눈부신 결혼을 하게 되면 남들이 부러워할 정도로 인생의 품격이 가파르게 상승하리라고 여깁니다.

그녀는 결혼한 지 석 달도 못 되어 자신이 실수했다는 것을 깨달았습니다. 만족스럽지 않은데도 어쩔 수 없이 해야만 했던 결혼을 끔찍이 원망했습니다. 그녀의 남편 월터는 전혀 매력적이지 않았습니다. 비록 그가 그녀를 진심으로 사랑한다고 하더라도 수줍음과 냉소적인 태도가 불러일으키는 답답함이 문제였습니다. 생기라고는 찾아볼 수 없는 그와 활달한 자신은 결코 어울리지 않는다고 생각했습니다.

그래서 그녀는 유부남 찰스와 사랑의 불꽃을 태우게 됩니다. 찰스와의 사랑이 달콤한 고통이라고 하더라도 그는 이 모든 걸 감당할 만큼 가치가 있었습니다. 하지만 남편이 외도 사실을 알게 되었고, 그녀에게 콜레라가 발생한 중국의 오지로 동행하든가 아니면 자신과 이혼할 수 있는 선택권을 주었습니다. 단, 찰스가 그의 부인과 이혼해야만 가능하다는 조건이었습니다.

⋮ 자기희생

그런데 그녀가 찰스를 믿었던 게 비극이었습니다. 찰스의 사랑을 한 번도 의심하지 않았었는데 그제야 자신의 눈으로 환상이 깨지는 걸 보게 되었습니다. 그녀를 위험한 지역으로 데려가는 것이 찰스에게 복수하려는 사악한 의도라고 여겼는데 진실은 그게 아니었습니다. 월터는 찰스가 자신의 화를 피하기 위해 그녀를 얼마든지 희생시킬 인간이라는 걸 알았던 것입니다. 월터는 그녀로 하여금 찰스가 산토끼처럼 위험한 상황에서 달아나는 걸 보며 그동안 얼마나 철저하게 속고 있었는지를 깨닫게 해주었습니다. 그는 무가치한 남자였습니다. 무가치한 그를 사랑했던 그녀 또한 무가치할 수밖에 없는 것이 잔인한 현실이 되고 말았습니다.

우리 또한 살면서 무가치하다고 느낄 때가 있습니다. 그럴 때마다 더 이상 살아갈 이유가 있을까 고민하게 됩니다. 그녀가 콜레라가 창궐한 곳으로 가기를 망설였던 것은 죽음에 대한 두려움보다는 그곳에서 자신이 아무것도 할 수 없으리라는 두려움 때문이었습니다. 하지만 그곳에서 남편과 수녀들이 봉사하는 것을 보면서 그녀는 영혼을 재충전하게 됩니다. 그들의 자기희생이 너무나 경이로웠습니다. 그래서 그녀는 전염병 한가운데서 살아가면서 혼신의 힘을 다해 아이들을 돌봤습니다. 그러자 원장 수녀는 아이들이 그녀를 좋아하는 것도 놀랄 일이 아니라고 하면서 그녀에게 다음과 같이 말했습니다.

> 아름다움 또한 신의 선물이랍니다. 가장 귀하고 값진 것 중 하나죠. 그것을 소유했다면 그 행복에 감사하고, 그렇지 못하다 해도 우리의 즐거움을 위해 다른 사람이 그것을 가졌다는 데 감사해야 합니다.

숭고한 아름다움에 비하면 그들의 문제는 더 이상 중요하지 않을 수 있습니다. 마치 강물 속 두 개의 물방울이 스스로에게는 뚜렷한 개성을 띠었지만 그저 강물의 일부로서 묵묵히 흘러가는 것처럼. 그녀는 모든 인류가 강물의 물방울들처럼 어디론가 흘러가는 것만 같았습니다. 무엇보다도 모든 것이 덧없고 어느 것도 그다지 중요하지 않을 때 사소한 문제에 터무니없이 집착하고 그 자신과 다른 사람까지 불행하게 만드는 인간이 너무나 딱했습니다. 그녀는 월터가 자신을 용서하지 않으리라는 것을 느꼈습니다. 왜냐면 그가 그 자신을 용서하지 못할 것이기 때문입니다. 그는 자의식이 너무나 강해서 좀처럼 자기 자신을 느긋하게 풀지 못하는 불행한 불구자였습니다.

우리는 사랑 때문에 오히려 잔혹해질 수 있습니다. 그가 죽으면서 남긴 마지막 말이 아직까지도 잊히지 않습니다. 무슨 이유로 그는 "죽은 건 개였다"라고 말을 했을까요? 이 말은 영국 작가 올리버 골드스미스(Oliver Goldsmith)의 시 「미친개의 죽음에 관한 애가」에 나오는 말입니다. 내용인즉 어떤 마을에 사는 남자가 잡종 개를 만나 친구가 되었는데, 어느 날 그 개가

The Wedding
Kazimir Malevich

남자를 물자 사람들이 미친개에 물린 남자가 죽을 거라고 법석을 떨지만, 남자는 상처가 낫고 정작 개가 죽었다는 것입니다.

그는 상처받은 고통을 주체하지 못해 죽었습니다. 반면에 그녀의 가슴속에서는 모든 정신적 속박으로부터의 자유, 무슨 일이 생기든 개의치 않는 자유가 울려 퍼졌습니다.

⋮

사랑의 신비

사랑을 혼자서 하는 단수(單數)라고 생각하지 마세요. 사랑 때문에 자신을 경멸하게 됩니다. 사랑은 둘이 하는 복수(複數)여야 합니다. 그래야 자신을 사랑하게 됩니다. 이것이 곧 사랑의 균형 감각입니다. 만약에 한쪽으로 기울어지면 사랑은 위험합니다. 플라톤은 『향연』에서 다음과 같이 말했습니다.

> 이 세상의 아름다움의 예로부터 시작해서 이 예들을 발판으로 삼아 최종 목표인 절대적 아름다움으로 끊임없이 올라가는 것, 육체적 아름다움의 한 예로부터 두 가지 예로, 그리고 두 가지 예로부터 모든 예로, 그다음에는 육체적 아름다움으로부터 도덕적 아름다움으로, 그리고 도덕적 아름다움으로부터 지혜의 아름다

움으로, 마침내는 여러 가지 지혜로부터 절대적 아름다움을 유일한 대상으로 하는 최고의 지혜에 도달하고 결국은 절대적 아름다움이 무엇인가를 아는 것—이것이 사랑의 신비에 접근하는 또는 사랑의 신비에 참여하는 올바른 길입니다.

사랑은 연극일까요? 아니면 코미디일까요? 돌이켜보면 사랑은 모든 예술이라고 할 수 있습니다. 비록 대단한 열정으로 끓어오르던 사랑이 어느 순간 그 유효기간이 끝나게 되더라도, 사랑은 어디에나 있습니다. 사랑 때문에 자기 자신을 경멸하지 마세요. 사랑하는 사람뿐만 아니라 자신에게도 치명적인 상처가 날 정도로 너무나 위험합니다.

,

자기 자신에게로 이르는 길

헤르만 헤세 『데미안』

그건 단지 편안한지 어떤지 하는 문제인 거야! 사는 게 너무 편안해서 스스로 생각하지도 않고, 또 자신의 행동을 판단하지도 못하는 사람은 그저 금지된 그대로를 따르게 되지. 그게 편하니까. 하지만 어떤 사람은 자기 안에 규칙이 있다는 걸 느껴. 그러면 모든 존경받는 사람들이 매일 하는 일이지만 그 사람한테는 금지되기도 하고, 또 보통은 엄격하게 금지되는 일이지만 그 사람한테는 허용되기도 해. 인간은 누구나 자기 자신으로 존재해야 해.

수컷 나방이 별을 향해 날아간다면 어떻게 될까요? 동물이 타고난 본성으로 살아가는 것을 생각하면 나방에게 별은 본성과는 거리가 멀어 보입니다. 어떠한 이끌림이 없습니다. 그래서 나방이 별을 향해 날아가는 것은 상상에서나 가능할 뿐 믿을 수 없는 일입니다. 오히려 수컷 나방이 수천 킬로미터 떨어진 곳에 있는 암컷 나방을 향해 날아가는 것은 놀랍지만 가능한 일입니다. 우리의 눈으로 볼 때 믿을 수 없는 일이지만 수컷 나방이 탁월한 후각을 가지고 있기 때문에 가능합니다. 보통 이런 동물들의 특징을 자연선택이라고 말합니다.

하지만 헤르만 헤세의 『데미안』에서 데미안은 동물들을 잘 관찰하면 '마법의 제6감'을 깨닫게 된다고 합니다. 마법의 제6감이란 바로 자기에게 뜻과 가치가 있는 것, 자기에게 필요한 것을 찾는 것, 자기 의지입니다. 그래서 믿을 수 없는 일을 해내는 것입니다.

그의 독심술은 이런 것입니다. 누군가를 분석하거나 평가하거나 그렇다고 상상하지도 않습니다. 놀랍게도 누군가를 잘 관찰하는 것입니다. 그러면 그 사람이 무슨 생각을 하고 있는지 또는 무슨 느낌을 갖고 있는지 알게 됩니다.

흔히 우리는 '자유 의지'를 가지고 있다고 말합니다. 물론 그것만으로도 얼마든지 자신의 삶을 선택할 수 있습니다. 즉, 자신이 원하는 자신을 만들 수 있습니다. 하지만 그는 정말로 무언가를 충분히 강하게 원한다면 오직 '자기 의지'만이 확고해야 한다고 봅니다. 다시 말하면 우리가 이런저런 상상의 날개를 펼 수는 있겠지만 그것을 수행하거나 충분히 강하게 원할 수 있는 것은 오로지 자신의 마음속에 소망이 온전히 들어 있을 때, 정말로 내 본질이 완전히 그것으로 채워져 있을 때뿐이라는 것입니다.

⋮

두 세계

그는 싱클레어에게 사람은 그 누구도 두려워할 필요가 없다고 했습니다. 싱클레어는 악명 높은 프란츠 크로머에게 남자 행세, 영웅 행세를 하고 싶어 '사과 도둑' 이야기를 꾸며내고, 하느님과 목숨을 걸고 맹세했습니다. 그러나 거짓 맹세의 결과 사과 도둑이 된 그는 평생을 도덕적으로 살아온 아버지의 신성함에 첫 칼자국을 남기게 될지도 모른다는 두려움에 빠집니다. 불안과 걱정 때문에 죽음이라는 쓴맛을 느꼈습니다.

이렇듯 누군가를 두려워하게 되면 우리는 그만 용기를 잃어버리고 맙니다. 그 사람에게 자기를 지배할 힘을 내주었기 때문입니다. 다시 말하면 그 사람이 나를 지배할 힘을 갖게 되는 겁니다.

싱클레어는 두 세계가 있다고 했습니다. 하나는 아버지의 집입니다. 이 세계에는 사랑과 엄격함, 양심의 가책과 고해, 성경 말씀과 지혜가 있었습니다. 인생이 맑고 행복하며 아름답게 정돈되어 있습니다. 반면에 나머지 하나는 집에 있는 것으로 하녀들과 직공들, 유령들입니다. 이 세계에는 무시무시하고 수수께끼 같은 물건들, 강도의 침입이 있습니다. 거칠고도 잔인한 모든 일들이 일어납니다. 싱클레어가 비록 어두운 세계에서 자주 살았다고 하더라도, 그에게 인생의 목표는 아버지나 어머니처럼 허용된 세계 안에서 밝고 올바르게 사는 것이었습니다.

⋮

카인의 후예

그래서 싱클레어처럼 착하고 순진한 사람에게 카인이 고귀한 인간이라는 데미안의 주장은 쉽게 받아들이기 어려운 것이었지요. 성경에는 하느님이 아벨만을 좋아하는 것을 질투한 나머지 카인이 동생 아벨을 죽인 이야기가 있습니다. 다른 사람도 아니고 자신의 동생을 죽인 카인을 사탄이라고 해도 어느 누구도 부정하지 않을 것입니다. 하지만 데미안은 오히려 카인이 '고귀한 인간'이라고 했습니다. 카인의 이마에 찍힌 표적은 비범한 정신과 담력이며 그 남자에게 힘이 있다는 것을 보여주는 것이었습니다. 그래서 정작 아벨이 비겁자가 되었습니다.

깨끗한 세계에서 아벨처럼 살아온 싱클레어에게 그의 생각은 위험했습니다. 카인이 옳고 아벨이 옳지 않다면 성서의 신은 올바른 신이 아니라 틀린 신이 되는 것입니다. 뿐만 아니라, 성경에서는 당당한 개성을 가진 사람들이 자주 손해를 보는데 그들이 카인의 후예라고 생각했습니다. 그의 새로운 생각은 모든 생명의 아버지인 신의 예배와 더불어 악마 예배도 가져야 한다는 것입니다.

그에게 세계의 절반은 허용된 세계에 불과하며, 나머지 절반은 금지된 세계이며 어느 누구도 감추지 못한다고 했습니다. 하지만 싱클레어는 일단 금지되어 있으면 포기해야 한다고 했습니다. 살인 같은 것들이 존재한다고 해서 자신이 범죄자가 되는 데 동의할 수는 없었습니다. 그러나 그의 생각은 범죄자가 되라는 것이 아니라 허용되었다, 금지되었다는 것이 무엇인지 통찰할 수 있어야 한다는 것입니다.

⋮

아브락사스

어느 누구도 생각지 못한 그를 지켜보면서 이제는 우리 스스로에게 의문을 던질 수밖에 없습니다. 우리 자신은 카인의 후예일까요? 아니면 아벨일까요? 만약에 카인의 후예라고 한다면 우리는 마음의 문을 열고 아브락사스라는 신을 향해 날아가야 합니다.

> 새는 알에서 태어나기 위해 투쟁한다. 알은 세계다. 태어나려는 자는 한 세계를 파괴해야 한다. 새는 신을 향해 날갯짓한다. 신의 이름은 아브락사스다!

아브락사스는 신이면서 동시에 사탄입니다. 아브락사스는 우리 생각, 우리 꿈 그 어느 것에도 이의를 제기하지 않는다고 합니다. 아브락사스를 알면 아무것도 무서워해선 안 되고 영혼이 우리들 마음속에서 소망하는 그 무엇도 금지되었다고 해서

Path in the Fog
Claude Monet

는 안 된다는 것입니다. 어떤 사람이 마음에 안 든다고 해서 죄 많은 생각이 날 때 모든 것을 도덕화해서 해롭게 만들지 말라고 합니다. 그럴 때 우리들 마음속에서 아브락사스는 상상의 날개를 펴는데 우리가 어떤 사람을 미워한다면 그 사람은 하나의 위장에 불과하다는 것입니다. 우리는 그의 모습 속에서 바로 우리들 자신 속에 들어앉아 있는 무언가를 보고 미워하는 것입니다.

깨어나고 있는 사람

아브락사스가 태어나는 과정을 보면서 우리가 좀 더 열심히 살아야겠다는 생각이 듭니다. 우리가 관심을 가져야 할 일은 자신의 운명을 찾아내는 것이며, 운명을 자신 속에서 완전히 굴절 없이 다 살아내는 것입니다. 만약에 우리가 자기 자신과 하나가 되지 못하면 불안할 수밖에 없습니다. 자기 자신과 하나가 되는 것이 우리의 의무이자 운명입니다. 자기 속에서 작용하는 자연의 싹의 욕구에 완전히 따르며 카인의 표적으로 기꺼이 사는 것입니다. 카인의 표적을 지닌 사람은 깨어난 사람, 혹은 깨어나고 있는 사람입니다.

모든 삶이 제각각 자기 자신에게 이르는 길이라고 한다면 누구나 자기 자신이 되려고 애쓰기 마련입니다. 그럼에도 사람이 되지 못하고 개구리나 도마뱀이나 개미로 남게 되는 경우도 있습니다. 또한 상체는 사람인데 하체는 물고기인 경우도 적지 않습니다.

정말로 자기 자신으로 사는 게 어려운가요? 혹시 너무나 장난스럽게 살고 있지는 않나요? 아브락사스를 향해 날아오르는 것을 두려워하지 마세요! 비록 사람을 다시 살아나게 만드는 자기 의지가 다른 사람의 눈에 보이지 않을 정도로 작을 수 있더라도.

,

불쾌하지만 위대한 인간

서머싯 몸 『달과 6펜스』

화가이든 시인이든 음악가이든, 예술가는 숭엄하고 아름다운 자신의 장식물로써 우리의 심미감을 만족시켜 준다. 하지만 심미감이란 성 본능과 비슷해서 일종의 야만성을 띠게 마련이다. 예술가는 그러한 점에서도 대단한 재능을 보여준다. 예술가의 비밀을 캐다 보면 우리는 탐정 소설에 빠지듯 그 일에 빠지고 만다. 그 비밀은 불가해한 우주처럼, 해답을 주지 않는 수수께끼 같다.

⋮ 자기 자신을 갖지 못한 자들

누구나 살다 보면 삶을 바꾸고 싶을 때가 있습니다. 어떤 이들은 그것이 성난 격류로 돌을 산산조각 내는 대격변처럼 올 수 있을 것입니다. 어떤 이들은 그것이 마치 방울방울 끊임없이 떨어지는 물방울에 돌이 닳듯이 천천히 올 수도 있습니다. 어떤 방법이든 간에 보통 사람과 조금이라도 다른 사람이 되고 싶다는 것입니다.

이러한 욕구에 대해 에리히 프롬은 "모든 것을 다 갖고 있되 자기 자신을 갖지 못한 자들"이라고 했습니다. 자기 자신을 갖는다는 것은 서머싯 몸이 『달과 6펜스』에서 말하고자 하는 범상한 삶에 대한 낭만적 정신의 저항이라고 할 수 있습니다. 때로는 인생의 고통과 정면 승부를 해야 할 날이 있기 마련인데 이럴 때 우리는 보통 고통을 마주하기보다는 피해버리곤 합니다. 즉, 나 자신의 즐거움이 아닌 다른 어떤 것을 위해 살아야 한다는 것입니다.

하지만 우리는 얼마든지 '신화를 만들어내는 능력'이 있습니다. 신화는 성공의 불꽃이라고 할 수 있습니다. 성공하기 위해서는 그만큼 많은 인내와 노력이 요구되는데, 성공한 사람들에게는 남들이 보기에 무서울 정도의 용기가 있습니다. 성공한 이들에게 전설적인 이야기들이 수두룩한 이유가 여기에 있습니다. 성공과 전설은 우리에게 목적이 이끄는 삶을 살도록 합니다. 만약에 목적이 없으면 치열한 삶을 살 수 없게 됩니다. 때로는 이기심도 없지 않습니다. 그래서 성공과 전설은 파격적인 운명의 수레바퀴입니다.

성공을 강하게 원한다고 해서 문제가 되지는 않습니다. 그러나 성공의 본질이 무엇인가에 대해서는 생각해볼 필요가 있습니다. 성공이라고 해서 모두 똑같은 성공은 아니라는 것입니다. 만약 사회적 지위나 돈을 성공의 잣대로 삼는다면, 우리는 성공의 포로에 지나지 않게 됩니다. 반대로 묵묵히 자신의 길을 걸으면서도 미칠 정도로 자신의 욕망을 찾는 것은 뭐랄까, 일종의 흥분이 출렁이는데, 이것이야말로 성공의 '진짜 위대성'입니다. 자기가 원하는 것이 무엇인지 알면 삶의 목적에 그만큼 더 가까이 다가갈 수 있기 때문입니다.

⋮ 창조 본능

런던에서 주식 중개인으로 평범하게 살던 찰스 스트릭랜드. 흐

릿한 그림자 같았던 그가 어느 날 17년간 꾸려온 평균적인 가정을 버리고 파리로 떠나버렸습니다. 그래서 그의 부인은 지금 그가 정신을 못 차리고 있지만 돌아오기만 하면 만사가 순조롭게 해결될 것이라고 생각했습니다. 하지만 그는 사람들이 미워하고 멸시해도 상관하지 않은 채 싸구려 호텔에서 가난하게 혼자 지냈습니다. 누군가를 사랑하지 않아서도 아니고 일상의 권태로움 때문도 아닌, 더 이상 시간을 낭비할 수 없다는 절박함 때문이었습니다. 그가 다른 모든 것을 포기할 가치가 있다고 여긴 것은 바로 그림이었습니다. 그림을 그리지 않고서는 못 살겠다, 죽을 수밖에 없다는 심정이었습니다.

그가 권태를 견디지 못한 나머지 화가가 되려고 결심했다면 그것은 허무맹랑한 꿈에 지나지 않을 것입니다. 잘해야 삼류 이상이 되지 못할 수도 있습니다. 그런데 그림을 그리지 않고서는 못 배기겠다고 말하는 그의 영혼 깊숙한 곳에 어떤 창조 본능 같은 것이 있다면, 그것은 자기 혁명의 의지라고 할 수 있습니다. 다시 말해 그림을 그리는 것이 자신의 삶을 증명하는 유일한 구원이라면 그림에 미칠 수밖에 없지 않을까요? 그동안은 이런저런 상황 때문에 창조 본능이 제대로 드러나지 않았지만 마치 암이 생체 조직 속에서 자라듯이 걷잡을 수 없이 자라

Still Life: Vase with Fifteen Sunflowers
Vincent van Gogh

나, 급기야 존재를 모두 정복하여 어쩔 수 없는 행동으로 몰아간 것이 아닐까요.

⋮

불쾌하지만 위대한 인간

천재와 광기는 불가분의 관계입니다. 흔히 천재의 광기를 예술가의 개성이라고 말합니다. 예술이 흥미로운 것은 예술가의 개성에 대한 강한 궁금증 때문인지도 모릅니다. 개성이 특이하다면 예술가의 천 가지 결점에도 불구하고 기꺼이 용서할 수 있다고 여기기도 합니다.

양심에 호소하는 것은 아무런 효과가 없습니다. 양심이란 인간 공동체가 자기 보존을 위해 진화시켜 온 규칙들을 개인 안에서 지키는 마음속의 파수꾼입니다. 양심은 우리가 공동체의 법을 깨뜨리지 않도록 감시하는, 우리 모두의 마음속에 있는 경찰관이며, 자아의 성채 한가운데 숨어 있는 스파이입니다. 그럼에도 다음과 같이 말하는 그의 이기심이 두려울 따름입니다.

> 사랑을 터무니없이 중요하게 생각한단 말야. 그래서 우리더러 그게 인생의 전부인 양 믿게 하고 싶어 해요. 하지만 그건 하찮

은 부분이야. 나도 관능은 알지. 그건 정상적이고 건강해요. 하지만 사랑은 병이야.

그는 그림 외의 것에는 사랑에 빠질 수가 없었습니다. 사랑의 감정에는 다정함이 있으며 사랑에 빠진 사람은 더 이상 자기가 아니라 어떤 목적의 도구가 되고 마는데 그는 그러지 못했습니다. 그의 진짜 생활은 꿈과 잠시도 쉬지 않는 그림 작업으로만 이루어져 있었습니다. 아이러니하게도 그는 그것을 추구하기 위해 자신뿐만 아니라 남들까지 희생시켰습니다. 그것도 아주 비이성적으로 말입니다. 그래서 그는 남들이 보기에 불쾌한 인간이었지만 한편으로는 위대한 인간으로 자기가 살던 시대를 뛰어넘어 오랫동안 살아남았습니다.

개성화된 황금빛

그의 그림은 가장 대수롭지 않은 것조차 기이하고 복잡하고 고뇌에 찬 개성을 보여주었습니다. 그의 야성적인 관능성은 영혼이 육체에 갇혀 있는 것을 견디지 못하는 듯 보입니다. 야성적인 관능성은 쉽게 얻어지는 기쁨이 아닙니다. 가스통 바슐라르(Gaston Bachelard)는 『꿈꿀 권리』에서 다음과 같이 말합니다.

> 반 고흐의 황색은 연금술적인 황금이며, 무수한 꽃으로부터 채취되어 햇빛에 굳어진 꿀과 같이 만들어진 황금이다. 그것은 결코 단순히 밀이나 불꽃이나 밀짚 의자의 황금빛이 아니다. 천재의 한없는 꿈에 의해 영원히 개성화된 황금빛이다. 그것은 이미 이 세상에 속하는 것이 아니라 한 인간의 재산, 한 인간의 마음, 전 생애를 통한 응시(凝視) 속에서 발견된 근원적인 진실이다.

세상에서 가장 위대한 것은 뭘까요? 화가였던 그는 낭만을 주는 예술이라고 말했습니다. 어쩌면 그의 말이 진리일 수 있습니다. 예술가에게 가장 힘겨운 적은 자기 회의입니다. 고독을 잃어버리지 않으면서 그럼에도 완고하고 끈질긴 정신을 잃지 않기 때문에 위대하다고 할 수 있습니다. 이러한 단일한 정신은 모든 걸 포기할 만큼 제대로 미칠 수 있는 이상한 행복감이라고 할 수 있습니다.

자신을 자신으로 만들어주는 무언가에 미칠 수 있는 것! 이것이야말로 나 자신의 즐거움을 위해 사는, 정말 세상에 둘도 없는 개성화된 황금빛이 아닐까요?

,

순수에 억눌린 심장을 다시 뛰게 하는 것

이디스 워튼 『순수의 시대』

순수한 그녀의 영혼 깊은 곳에는 환희 속에 눈뜰 열정이 숨어 있는 게 분명했다. 그러나 메이와 얼마간 함께해보니 이 모든 솔직함과 천진함이 단지 인위적으로 만들어진 결과라는 생각이 들었고, 그러자 다시 실망감이 밀려들었다. 교육받지 않은 인간의 본성이란 솔직하지도 천진난만하지도 않으며 본능적 교활함이 표출된 뒤틀림과 자기 방어로 가득 차 있기 마련이었다. 그래서 아처는 그녀의 어머니, 이모들, 할머니들과 먼 옛날 죽은 선조 여인들이 모의해 아주 교묘한 솜씨로 빚어낸 이 순수한 창조물에 압박감을 느꼈다. 마치 눈으로 만들어놓은 형상을 부서뜨릴 때 느끼는 지배자적 쾌락이나 얻자고 그 창조물을 원하고 소유하려 한 것처럼 느껴졌기 때문이었다.

그리스 신화에 고르곤이라는 세 자매 괴물이 있습니다. 메두사는 그중 막내인데 머리카락이 모두 뱀으로 꿈틀거립니다. 그러나 메두사의 가공할 만한 힘은 머리카락이 아니라 눈빛에 사로잡히게 된다는 것입니다. 메두사의 눈빛이 너무도 강해 이를 본 사람은 누구나 돌이 되고 말지요.

사랑에 빠진 사람들은 어떤가요? 한순간에 눈뜬장님이 됩니다. 알고 보면 사랑이라는 괴물도 무시무시합니다. 고르곤처럼 슬프거나 절망적이라기보다 아름다움에 끝없이 휩쓸리게 합니다. 그런데 이디스 워튼(Edith Wharton)의 『순수의 시대』에서 엘렌은 좀 더 특이하게 고르곤은 눈을 멀게 하지 않지만 눈물을 말려버린다고 말합니다.

남편과 이혼할 지경에 이른 그녀에게 눈물이 남아 있을 리 없습니다. 더구나 눈물이 마를 정도라고 한다면 그녀의 불행이 어느 정도인지 굳이 설명할 필요가 없겠지요. 그녀는 결혼이라는 축복 속에 어둠이 있다는 것을 보면서 눈물이 마른 것과 동시에 불행이 사람들의 눈을 뜨게 해준다는 것을 깨달았습니다.

우리는 이런 그녀를 동정할 수 있습니다. 불행한 결혼을 했으니 불쌍한 사람이라고 감싸 안으며 위로해야겠지요. 하지만 그녀를 둘러싼 사람들의 시선은 차가웠습니다. 품위 있는 그들 입장에서 이혼은 불쾌한 일이기 때문에 그녀는 따돌림을 당할 수밖에 없었습니다.

순수에 억눌린 여성들

어디 그뿐인가요? 그녀의 자유분방한 옷차림과 거침없는 말투는 그들의 취향과는 사뭇 달랐습니다. 그들에게는 취향이 운명적인 힘이었습니다. 그래서 취향에 대한 모독보다 끔찍한 것은 없으며 불쾌한 것은 무시해도 좋다는 게 그들만의 방식이었습니다. 이런 취향이라는 괴물에 맞서 기사도적인 열정으로 싸우는 사람이 바로 아처입니다. 그녀가 과거를 모두 지워버리고 자유로워지고 싶다고 했을 때, 불쾌한 이혼 때문에 사람들의 눈에 띄어서는 안 될 부끄러운 존재가 되었을 때, 그는 그녀를 끝까지 지켜주고 싶었습니다. 불쌍한 그녀가 죄인처럼 고개를 못 들 이유는 없었습니다.

그는 그녀를 둘러싼 불쾌함과 불쌍함이라는 감정이 기준과 지성의 차이에서 비롯된다고 생각했습니다. 물질적이고 사회적인 이해라는 기준에 의하면 그녀가 이혼하면서 혼자 살려고 하는 것은 결코 참한 여자가 할 일이 아니었지요. 그는 참한 여자가 사회의 예법에 무신경한 것을 용납하지 않았습니다. 그러면서도 딜레탕트였던 그의 지성은 지적이고 예술적이었습니다. 그래서 그는 그녀를 보면서 여성들도 자유로워져야 한다고 생각했던 것입니다. 그만큼 여자들이 순수에 억눌려 있었습니다. 순수에 억눌려 질식할 것 같은 느낌! 그것은 마치 가족이라는 지하 납골당에 자신을 구속하며 살아야만 하는 것이었습니다.

⋮

진짜 삶

순수! 아이러니하게도 그가 로맨스 중에서도 가장 낭만적으로 약혼녀 메이를 사랑하는 데 한계를 찾을 수 없었던 것도 바로 그녀의 순수 때문이 아니었던가요? 어느 누구도 솔직함과 순진함이 불러일으키는 순수에 대해 경외감을 느끼지 않을 수 없습니다. 그런데 이런 순수함이 가식적이라면 어떨까요? 다시 말해 순수함에도 자신의 자유로운 판단력이나 경험이 있어야 하는데 그녀는 이러한 요소들을 갖지 않도록 세심하게 교육받았다는 것입니다. 그녀는 상상력에 맞서 정신을, 경험에 맞서 가슴을 봉인하는 순수함에 갇혀버렸습니다. 순수함에 갇힌 그들의 결혼은 안정적이었으나 매우 단조롭다는 게 치명적인 결점이었습니다.

그런데 엘렌이 살아 있는 존재로 나타나면서 그의 심장을 다시 거칠게 뛰게 했습니다. 하지만 그녀는 앞일을 훤히 예상할 수 있는 상황, 즉 그의 아내가 될 수 없으니 정부가 되어 살아야만 하는 현실을 외면할 수 없었습니다. 서로 멀리 떨어져 있어야만 서로 가까이 있을 수 있었습니다. 그러자 그는 그런 구분 자체가 존재하지 않는 세계로 그녀와 떠나고 싶다며 다음과 같이 말했습니다.

> 나는…… 그러니까 그런 말이…… 그런 유의 용어가 존재하지 않는 세상으로 어떻게든 당신과 함께 가고 싶어요. 우리가 그저 서로 사랑하는 두 사람으로 존재할 수 있고, 서로가 삶의 전부가 될 수 있는, 그 밖에는 아무것도 문제될 게 없는 그런 세상으로 가고 싶은 거요.

떠나고 싶지만 불가능한 상황에서 자신의 길을 가는 것이

Interior(Lorica)
Stefan Luchian

가능하다면 그것은 자신의 운명과 힘들게 싸우는 것입니다. 자기 자신의 길을 걸을수록 심장이 강하게 뛸 만큼 정묘한 기쁨을 누릴 수 있습니다. 그는 그녀와의 사랑을 통해 비로소 진짜 삶을 보게 되었습니다. 지루함의 노예로 가짜 삶을 계속 살라고 하는 것은 견딜 수 없었습니다.

⋮

인생의 꽃

그는 "인생의 꽃"을 놓치고 싶지 않았습니다. 꽃이 아름답다는 것을 모를 리 없겠지만 왜 아름다운지에 대해서는 이런저런 말을 하는 게 쉽지 않습니다. 이는 대체로 우리가 꽃의 아름다움을 너무나 거창하게 말하려다 보니 정작 꽃을 보는 동안 느끼는 것에 대해 소홀해서 그런 것은 아닐까요. 헤겔은 『법철학』에서 다음과 같이 말합니다.

> 사랑의 으뜸가는 요소는 내가 나만의 독립된 인격이기를 바라지 않는다는 데 있지만, 만약 그렇다고 한다면 나는 스스로에게 결함이 있고 불완전하다는 느낌을 받게 될 것이다. 둘째 요소는 내가 다른 인격에게서 나를 획득하고 다른 인격 속에서 가치를 발

> 휘한다는 것인데, 그런가 하면 또 다른 인격 역시 나에게서 그런 모습을 띠게 된다. 따라서 사랑이란 오성으로써는 풀리지 않는 감당할 수 없는 모순이다. …… 그러면서도 사랑은 모순을 낳는 동시에 모순을 해소하는 것이기도 한데, 모순의 해소라는 점에서 사랑은 다름 아닌 인륜적인 합일이다.

사랑하는 사람이 자신의 한 부분이 되고 자신 또한 사랑하는 사람의 한 부분이 되어 결국에는 서로가 완전해지는 것. 이런 사랑의 순수함은 고요하면서도 지루하지 않을 것입니다. 그러니 우리의 심장이 인생의 꽃을 보고 거칠게 뛰는 것이야말로 진짜 삶의 기쁨이 아닐까요?

,

무의미하지만 아름다운 삶의 무늬

서머싯 몸 『인간의 굴레에서』

아무런 의미도 없고, 아무것도 중요하지 않다는 생각을 배경으로 하여, 삶의 거대한 날실에(알지 못할 샘에서 흘러나와 알지 못할 바다로 끊임없이 흘러가는 강물과도 같은), 사람은 다양한 실가닥을 선택하여 무늬를 짬으로써 자기만의 만족을 얻을 수 있을 것이다. 물론 가장 뚜렷하고, 가장 완벽하고, 가장 아름다운 무늬가 하나 있다. 태어나, 성장하여 결혼하고, 자식을 생산하고, 먹고 살기 위해 일하다 죽는다는 무늬가 그것이다. 하지만 복잡하고 훌륭한 다른 무늬들도 있다. 행복이 없는 무늬, 성공을 추구하지 않는 무늬가 그것이다. 그것들에서도 한결 착잡한 아름다움을 발견할 수 있다.

사람은 누구나 진짜 인생을 살고 싶어 합니다. 진짜 인생을 사는 방법에는 두 가지가 있습니다. 생각의 자유와 행동의 자유입니다. 행동의 자유는 행동을 마음대로 하더라도 생각은 다른 사람과 같아야 합니다. 반면에 생각의 자유는 행동은 다른 사람과 같더라도 생각만큼은 마음대로 할 수 있습니다.

벌통 속의 꿀벌을 생각해보세요. 꿀벌 같은 사람들에게는 아무런 생각이 없습니다. 다시 말하면 아무런 고민을 하지 않는다는 것입니다. 하지만 인생의 가치는 위험을 두려워하지 않는 데 있습니다. 『인간의 굴레에서』에서 서머싯 몸은 이런 인생이란 물음에 대해 페르시아 양탄자를 보면 그 해답을 찾을 수 있을 거라고 말합니다.

작가의 말에 따르면, 파리의 클뤼니 미술관에 가면 페르시아 양탄자를 볼 수 있습니다. 양탄자 무늬가 얼마나 아름답고 정교한지 보기만 해도 절로 즐거운 감탄이 나온다고 했습니다. 이러한 양탄자 무늬를 보고 인생의 의미를 안다면 좋을 것입니다. 직조공이 양탄자 무늬를 정교하게 짜듯이 삶에서도 마찬가지가 아닐까 생각됩니다. 양탄자 무늬가 다시 살아가게 하는 힘이 될 수도 있습니다. 살다 보면 어렵고 힘든 일이 많은데 그럴 때마다 절망으로 끝난다면 우리는 아무것도 할 수 없습니다. 무엇보다도 자신의 삶을 살 수 없다는 것입니다.

짊어져야 할 십자가

필립에게는 겨자씨 한 알만 한 믿음이 절박했습니다. 만약 그가 절름발이가 아니었다면 "병신"이라는 소리는 듣지 않았을 것입니다. 마태복음 17장을 보면 "너희가 믿음이 약한 탓이다. 나는 분명히 말한다. 너희에게 겨자씨 한 알만 한 믿음이라도 있다면 이 산더러 여기서 저리로 옮겨져라, 해도 그대로 될 것이다. 너희가 못할 일은 하나도 없을 것이다"라는 말이 있습니다. 그는 완전한 믿음을 가지고 하느님께 자신의 발을 고쳐달라고 기도했습니다.

하지만 기적이 일어나리라 믿었던 부활절 아침에도 자신의 다리는 고쳐지지 않았습니다. 그는 하느님께 맞설 수 없었습니다. 이것은 불행이 아니라 자신이 짊어져야 할 십자가이며 행복이 될 수 있다는 신앙의 열정에 사로잡혔습니다.

그러나 그는 종교적인 기질이 없었기 때문에 평생을 성직자로 사는 것이 불가능했습니다. 자신의 열정, 자신의 본능대로 살고 싶었습니다. 그가 인생의 나그네가 되어 험준한 세상을 돌아다녔던 것도 자신의 진짜 인생이 뭔지를 알고 싶었기 때문입니다. 무슨 일이든 억지로 할 수는 없을 것입니다. 그가 성직자 대신 화가가 되고 싶었던 것은 그림에 대한 열정 때문이었습니다. 하지만 자신의 이상(理想)을 차갑게 막고 서 있는 현실에 그만 꿈을 접어야 했습니다.

그림이 자신의 내면을 밖으로 표출하는 것이라면 위대한 화가란 자신의 시각을 세상 사람들에게 강제하는 것입니다. 그런 면에서 그의 그림 솜씨는 손재주에 불과했습니다. 좀 더 직접적으로 말하면 보통 이상의 화가가 될 수 없었습니다.

인생의 의미라는 무거운 신앙

삶의 독침은 죽음과 같습니다. 어느 누구에게나 고통은 찾아오기 때문에 그것을 어떻게 하느냐 하는 문제가 남습니다. 고통을 얼마나 인내하느냐에 따라 우리의 삶도 달라집니다. 이러한 현실을 이겨낼 그의 해답은 놀랍게도 다음과 같습니다.

Male Nude
Egon Schiele

인생에는 아무런 뜻이 없다.

인생에 의미가 있다는 것은 마치 무거운 신앙과 같습니다. 어느 누구도 무거운 신앙을 내려놓을 방법을 찾지 못하고 있을 때 페르시아 양탄자 직조공만은 허무의 비밀을 찾아냈습니다. 직조공은 어떤 목적보다는 즐거움을 위해 무늬를 짰습니다. 듣기에 따라서는 무책임하고 온전치 않은 시각처럼 보입니다. 인생은 충분히 살 만한 가치가 있는데 오히려 가치가 없다고 하면서 결국은 인생을 제대로 살지 못할 것 같아 걱정이 됩니다.

⋮

삶의 아름다운 무늬

그토록 열심히 살았는데 아무것도 이루지 못한다면 어떨까요? 실패자의 운명은 허망합니다. 노력과 결과가 전혀 상응하지 않을 때의 쓰라림은 비참할 지경입니다. 삶에서 중요한 것은 성공보다 노력이라고 하지만 성공이 따르지 않는 노력이 어떤 의미가 있을까요? 더구나 먹고사는 걱정에서 벗어나지 못한다면 가난이 제일 좋은 채찍이라는 말은 위선에 불과합니다. 왜냐하면 돈이란 육감(六感)과 같은 것이며 그게 없이는 다른 오감을 제대로 사용할 수 없기 때문입니다. 연달아 실패만 겪고 경제적 궁핍에 시달린다면 누구든 살아갈 희망이 없다는 절망적인 기분에 사로잡히게 될 것입니다.

우리는 지나칠 정도로 목적을 가지고 비슷하게 살아갑니다. 목적이 뚜렷해야 아름다운 무늬를 장식할 수 있다고 합니다. 하지만 역설적이게도 인생에 아무런 의미가 없을 때 세상에서 가장 아름다운 무늬를 만들 수 있습니다.

지금 지나치게 목적 지향적으로 살고 있다면 심장 검사를 해봐야 합니다. 아마도 기생충이 심장을 갉아먹고 있을 것입니다. 강한 인간은 이러한 결함에도 불구하고 계속적으로 미래만을 생각합니다. 하지만 진짜 강한 사람은 현재의 삶을 아무런 의미 없이 긍정합니다. 충분히 마음을 비우고 내려놓으세요. 벌거벗은 인간이 되어보는 것입니다.

Chapter 3

가치 — 무엇이 우리를 인간이게 하는가

,

인간은 패배하도록 창조되지 않았다

어니스트 헤밍웨이 『노인과 바다』

희망을 버린다는 건 어리석은 일이야, 하고 그는 생각했다. 더구나 그건 죄악이거든. 죄에 대해서는 생각하지 말자, 하고 그는 생각했다. 지금은 죄가 아니라도 생각할 문제들이 얼마든지 있으니까. 게다가 나는 죄가 뭔지 아무것도 모르고 있지 않은가.

난 죄가 뭔지 아무것도 모르고 있는 데다 죄를 믿고 있는지도 확실하지 않아. 고기를 죽이는 건 어쩌면 죄가 될지도 몰라. 설령 내가 먹고살아 가기 위해, 또 많은 사람들을 먹여 살리기 위해서 한 짓이라도 죄가 될 거야. 하지만 그렇게 되면 죄 아닌 게 없겠지. 죄에 대해서는 생각하지 말기로 하자.

스페인 말로 살라오는 '가장 운이 없는 사람'을 말합니다. 무언가에 최선을 다한다고 하더라도 인생의 커다란 고비를 넘길 때마다 그 끝이 의지대로 되지 않습니다. 어니스트 헤밍웨이의 『노인과 바다』에서 조각배를 타고 홀로 고기잡이하는 노인 산티아고는 살라오의 이미지를 떠오르게 합니다.

84일이 지나도록 고기 한 마리도 낚지 못했으니 노인은 운이 다했다고 할 정도로 형편이 없었습니다. 그럼에도 노인은 배짱이 있었습니다. 85를 재수 좋은 숫자라고 여깁니다. 그래서 내장을 빼고도 450킬로그램이 넘는 고기를 잡아 가지고 돌아오리라는 믿음을 잃지 않았습니다.

그는 어느 누구보다도 운명을 사랑할 줄 아는 사람이었습니다. 그는 늘 바다를 '라 마르'라고 여성형으로 불렀습니다. 바다를 사랑하면서도 때로는 바다를 나쁘게 말할 때도 있었지만 그럴 때조차 여성으로 생각했으며, 큰 은혜를 베풀어주기도 하고 빼앗기도 하는 무엇이라고 말했습니다. 설령 바다가 무섭게 굴거나 재앙을 끼치는 일이 있어도 그것은 달이 여자에게 영향을 미치는 것처럼 어쩔 수 없는 일이라고 했습니다. 반면에 젊은 어부들 가운데 몇몇은 바다를 '엘 마르'라고 남성형으로 부르기도 했습니다. 그들은 고기를 팔아 번 큰돈으로 모터보트를 사들인 부류들로, 바다를 경쟁자, 일터, 심지어 적대자로 여겼습니다.

⋮

디마지오 선수처럼

그는 어떤 어부보다도 낚싯줄을 똑바로 드리울 수 있었습니다. 그렇게 해야만 어두운 해류의 층마다 정확히 그가 바라는 수심에다 미끼를 놓고 그곳을 헤엄쳐 가는 고기를 기다릴 수 있었습니다. 다만 운이 따르지 않았을 뿐입니다. 물론 운이 따른다면 더 좋겠지만 그는 하루하루가 새로운 날로 여겨져 오히려 빈틈없이 일을 해내고 싶었습니다. 그래야 운이 찾아올 때 그걸 받아들일 만반의 준비를 갖출 수 있기 때문입니다.

드디어 그는 굉장히 큰 고기가 미끼를 입에 물고 도망치는 것을 느낄 수 있었습니다. 그는 고기한테 끌려가면서 낚싯줄을 어딘가에 단단히 잡아맬 수도 있었지만 자신의 몸을 밧줄걸이로 삼았습니다. 그런데 왼손에 쥐가 났습니다. 쥐가 나는 건 딱 질색이었습니다. 그건 자신의 몸한테 배신을 당하는 꼴

이기 때문입니다.

그사이 고기가 다이빙 선수처럼 온몸을 물 위에 드러냈다가 유연하게 다시 물속으로 가라앉았습니다. 마치 자기가 얼마나 큰지 자랑이라도 하려고 솟아오른 것 같다고 생각한 노인은 고기한테 자신이 어떤 인간인지를 보여주고 싶었습니다. 비록 고기가 자신보다 힘이 세더라도 자신보다 똑똑하지는 않다고 말입니다. 그래서 그는 자신의 의지와 지혜로 고기와 맞서 싸웠습니다.

이틀이 지나도록 결과를 모르는 상황에서 그는 양키스의 디마지오 선수를 생각하며, 자신이 그에 못지않은 사람인 것처럼 자신감을 가졌습니다. 디마지오는 발뒤꿈치에 뼈돌기(발꿈치에 잘 생기는 돌기)가 박혀 있으면서도 그것을 참고 최후까지 멋지게 승부를 겨뤘습니다.

⋮ 패배할 수는 없다

마침내 그는 모든 고통과 마지막 남은 힘, 그리고 오래전에 사라진 자부심을 총동원해 고기의 마지막 고통에 작살을 꽂았습니다. 그렇게 싸움은 끝났습니다. 하지만 즐거움도 잠시, 피 냄

새를 맡은 상어가 우연히 나타나자 차라리 꿈이었으면 좋겠다고 생각했습니다. 노인에게는 단호한 결의가 있었지만 희망은 별로 없었습니다. 상어가 공격해 오는 걸 막을 수 없더라도 혹시 해치울 수 있을지 몰랐습니다. 노인은 상어의 습격을 받아 몸뚱이가 30킬로그램쯤 뜯겨져 나간 고기를 더 이상 바라보고 싶지 않았습니다. 고기가 습격을 받을 때마다 마치 자신이 습격을 받은 듯한 느낌이 들었습니다. 이윽고 고기를 공격한 상어를 죽이고 나서 노인은 다음과 같이 말했습니다.

> 인간은 파멸당할 수는 있을지 몰라도 패배할 수는 없어.

그의 말처럼 인간은 패배하도록 창조된 것이 아닙니다. 많은 사람들이 실패와 패배를 같다고 합니다. 하지만 우리는 실패할 수는 있어도 패배해서는 안 됩니다. 삶은 용감한 사람들의 것입니다. 그런데 패배는 이런 용감함마저 없으며 아무것도 꿈꾸지 않는 것입니다. 반면에 실패는 84의 끝에서 다시 85에 희망이 있다고 믿는 것입니다. 비록 무언가를 얻지 못한다고 하더라도 85에 대한 믿음을 가지고 살아가는 것입니다. 그래서 실패를 아는 사람만이 고기를 잡을 수 있는 것입니다.

The Silver Veil and the Golden Gate
Childe Hassam

그는 상어와의 싸움에서 지고 말았을까요? 노인은 자신이 고기한테 진 건 아니라고 했습니다. 이유인즉 노인의 꿈에는 폭풍우도, 여자도, 큰 사건도, 큰 고기도, 싸움도, 그리고 죽은 아내의 모습도 나타나지 않았기 때문입니다. 오직 여러 지역과 해안에 나타나는 사자들 꿈만 꿀 뿐입니다. 김욱동은 『노인과 바다』의 「작품 해설」에서 다음과 같이 말합니다.

> 언뜻 보면 '패배'와 '파멸' 사이에 이렇다 할 차이가 없을지 모른다. 실제로 사전을 보아도 전자는 어떤 대상과 겨루어서 지는 것을 뜻하고, 후자는 파괴되어 없어지는 것을 뜻한다. 그러니까 '파멸'은 '패배'의 결과로 볼 수 있다. 그러나 여기서 헤밍웨이는 산티아고의 입을 빌려 물질적 승리와 정신적 승리를 엄밀히 구분 짓고 있다. 즉 '파멸'은 물질적·육체적 가치와 관련된 반면, '패배'는 어디까지나 정신적 가치와 관련되어 있다.

노인은 육체적으로 파멸을 당했더라도 정신적으로는 패배하지 않았습니다. 노인임에도 불구하고 여전히 사자 꿈을 꿀 정도로 불굴의 정신을 가졌습니다. 사자가 강한 동물이어서 그런 것은 아니었습니다. 사자는 청소부라고 불리는 하이에나와 다릅니다. 사자는 패배를 두려워하지 않습니다. 그러니 사자 꿈을 꾼다는 것은 정말로 큰 용기가 아닐까요?

,

진정으로
자유롭고 싶다면

니코스 카잔차키스 『그리스인 조르바』

소위, 살고 먹고 마시고 사랑하고 돈 벌고 명성을 얻는 걸 자기 생의 목표라고 하는 사람들이 있어요. 또 한 부류는 자기 삶을 사는 게 아니라 인류의 삶이라는 것에 관심이 있어서 그걸 목표로 삼는 사람들이지요. 이 사람들은 인간은 결국 하나라고 생각하고 인간을 가르치려 하고, 사랑과 선행을 독려하지요. 마지막 부류는 우주 전체의 삶을 살려는 목표를 가진 사람입니다. 사람이나 짐승이나 나무나 별이나 우주 만물, 우리는 모두 하나다, 우리 모두는 무시무시한 하나의 싸움에 가담한 하나의 실체이다, 이렇게 생각하는 사람들요. 무슨 싸움일까요? ……물질을 정신으로 바꾸는 싸움이지요.

사람이 생각을 가지고 있다는 것은 왜 그래야 하는지 따져 물을 수 없을 정도로 당연합니다. 하지만 좀 더 사람답게 살기 위해서는 당연함이 아니라 지독한 싸움을 해야만 합니다.

이렇게 생각하는 사람들은 니코스 카잔차키스가 『그리스인 조르바』에서 말하듯 물질을 정신으로 바꾸는 싸움을 할 때 자신이 생각한 대로 삶을 살아갈 수 있습니다. 물질은 두 가지로 변할 수 있는데 포도가 포도즙이 되는 것은 물리적인 변화이며, 포도즙이 포도주가 되는 것은 화학적인 변화입니다. 그런데 놀랍게도 포도와 전혀 다르게 포도주가 사랑이 되는 것, 이것이 곧 정신적인 변화인 '메토이소노(聖化)'입니다.

50톤에 달하는 종이를 먹을 정도로 책벌레였던 오그레는 모든 인간의 내부엔 '신성의 회오리바람'이 있어서 빵과 물과 고기를 사상이나 행동으로 바꿔놓을 수 있는 것이라고 생각했습니다. 그가 말한 신성의 회오리바람이란 정신과 무관하지 않습니다. 정신(精神)이란 마음과 같은 비물질적인 것을 말합니다. 반면에 육신(肉身)은 얼마나 물질적인가요? 육신에다 정신을 채워야 하는 것이 인간입니다. 만약에 사람(人)과 사람(人) 사이(間)

에 정신이 없다고 한다면 어떻게 될까요? 그의 논리에 따르면 인간은 인간입니다. 만약에 별생각 없이 산다고 하면 모를까 인간은 결코 동물이 될 수 없습니다.

동사형 인간, 조르바

그는 주체적인 삶에 대한 불안으로 책벌레라는 비물질적인 자신의 병(病)이 무엇인지 깨닫게 된 후 책이 아닌 행동으로 삶의 방식을 어떻게 해서든 바꾸고 싶었습니다. 이런 그에게 다가온 낯선 길동무가 바로 60대의 조르바였습니다.

조르바는 생각보다는 행동을 하는 육감주의자(肉感主義者), 명사형 인간이 아니라 동사형, 형용사형 인간에 가깝습니다. 정신에다 육신을 가득 채운다고 할 수 있습니다. 자신의 생각에 대한 분별이 없는 정신이라면 그 속에는 시답잖은 수작밖에 없을 것입니다. 아이러니하게도 이것저것 골머리를 앓게 되어 정작 세상을 뛰어넘을 정신은 녹슬게 됩니다. 인간다운 매력도, 자신의 정체성도 망가지고 맙니다.

조르바는 앞날을 걱정하지 않을 만큼 단순합니다. 내일보다는 현재를 살며 만족해하는 원시적인 인간입니다. 배고플 때는 먹을 것만 느끼고, 나비가 날아가는 것을 볼 때면 세상에 태어나 처음 본 것처럼 놀라고 신기해합니다. 감정을 숨기지 않고 있는 그대로 보여주며, 이념이나 의무 따위 때문에 파멸할 수밖에 없는 삶을 먹는 음식으로 제대로 배설하면서 기뻐합니다.

그래서 그는 인간을 짐승으로 생각합니다. 살기 위해서는 육체를 먹이지 않으면 안 됩니다. 아무리 고상한 정신이라 하더라도 육체가 감당할 수 없다면 언젠가는 길바닥에다 영혼을 팽개치고 말 것입니다. 즉, 우리 몸속 650개의 근육과 206개의 뼈를 짐승처럼 움직이게 하는 것은 무위(無爲)가 아니라 자유의 반전(反轉)이라는 것입니다.

⋮

악마가 준 자유

오그레는 조르바와 생활하면서 자유를 어떻게 끌어안을 수 있을지 고민합니다. 즉, 하느님이 준 자유와 악마가 준 자유 중에서 어느 것이 자신의 상처를 치유하는 진통제가 되느냐는 것입니다. 하느님이 준 자유는 고상한 인간의 정열이라고 할 수 있습니다. 고상한 인간은 달리 최후의 인간이라고 할 수 있는데 자신을 비운 것을 말합니다. 그래서 고상한 인간의 위대한 진

Man with Donkey
August Macke

리는 자기 자신 안에 행복의 근원을 갖지 않는 자에게 화가 있다는 것입니다. 하지만 조르바는 악마가 시키는 대로 한다고 말합니다.

> 모든 것이 어긋났을 때, 자신의 영혼을 시험대 위에 올려놓고 그 인내와 용기를 시험해보는 것은 얼마나 즐거운 일인가! 보이지 않는 강력한 적(혹자는 하느님이라고 부르고 혹자는 악마라고 부르는)이 우리를 쳐부수려고 달려온다. 그러나 우리는 부서지지 않는다. 외적으로는 참패했을지라도 내적으로는 승리자일 때 우리 인간은 말할 수 없는 긍지와 환희를 느낀다. 외적인 재앙이 지고의 행복으로 바뀌는 것이다.

악마가 준 자유라고 해서 정말로 악마처럼 자기 멋대로 난폭하게 행동하는 것은 자유가 아니라 자기 최면에 불과합니다. 악마는 모름지기 가슴속에 원시적인 배짱으로 가득 차 있습니다. 악마가 준 자유에 따르면 하느님은 존재할 수 없습니다. 악마는 자연의 법칙을 거스르지 않으며, 서둘지 않고, 안달을 부리지도 않습니다. 하기 싫은 일을 억지로 하지도 않습니다. 생각보다는 행동을 먼저 합니다. 만약에 무슨 일이든지 우물쭈물

하다 보면 아무것도 못하게 됩니다.

⋮ 오직 이 순간

인생이란 오르막길도 내리막길도 있습니다. 이럴 때 우리는 브레이크를 사용하게 되는데 조르바는 오히려 브레이크를 잃어버린 지 오래입니다. 프리드리히 니체(Friedrich Nietzsche)는 『차라투스트라는 이렇게 말했다』에서 다음과 같이 말했습니다.

> 모든 것은 가고, 모든 것은 되돌아온다. 존재의 수레바퀴는 영원히 굴러간다. 모든 것은 죽고, 모든 것은 다시 꽃피어난다. 존재의 세월은 영원히 흘러간다.
>
> 모든 것은 꺾이고, 모든 것은 새로이 이어진다. 존재의 동일한 집이 영원히 세워진다. 모든 것은 헤어지고, 모든 것은 다시 인사를 나눈다. 존재의 둥근 고리는 영원히 자기 자신에게 충실하다.

니체가 말한 영원회귀는 영원불멸과 반대입니다. 영원불멸은 지금의 고통을 참으면 언젠가 고통의 대가를 받을 수 있다고 합니다. 반면에 영원회귀는 지금의 고통이 사라지는 것이 아니고 반복되는 것이기 때문에 당당하게 맞서라는 것입니다. 어제 일도 생각지 않고 내일 일도 생각지 않는 조르바는 오직 오늘, 이 순간만을 생각하며 영원회귀를 바라는지 모릅니다. 우리가 자유롭게 살고 싶다면 장벽을 쌓고 그 안에 안주하며 "하찮은 행복"에 만족해서는 안 됩니다. 인간은 짐승이며 자유이니까요.

,

보이지 않는 성을 향해 언덕을 오르는 것

A. J. 크로닌 「성채」

당신이 인생에 대해 어떻게 말했는지 기억나지 않나요? 인생은 미지의 것에 대한 도전이며, 언덕 위에 있다는 것은 알지만 보이지는 않는 어떤 성을 차지하기 위해 힘겹게 언덕을 오르는 것과 같다고 말했잖아요.

돈이 가난의 최고의 처방전이라는 생각은 얼마나 과학적일까요? 돈만 있으면 뭐든지 할 수 있는 세상입니다. 카를 마르크스가 주장했던 것처럼 돈은 불가능한 일들을 친숙한 일들로 만들며, 자신과 모순되는 것들에게 자신과 입 맞추도록 강요합니다. 돈과 입맞춤을 한다면 돈의 노예가 될 수밖에 없겠지요. 돈이 없으면 하루라도 살기 힘든 탓에 어떻게든지 한 푼이라도 더 벌려고 할 것입니다. 문제는 돈이 인생의 목적이 된다면 A. J. 크로닌(A. J. Cronin)의 『성채』에 나오는 앤드루처럼 돈 때문에 영혼을 팔아야 한다는 것입니다.

젊은 의사였던 그는 어떤 병이든 과학적으로 치료해야 한다는 가치관을 가지고 있었습니다. 가치관은 삶의 목표와 가치를 명확하게 세우고 오직 그 길로 걸어가게 합니다. 인생이 미지의 것에 대한 도전이며 언덕 위에 있는 성이 보이지 않아도 힘겹게 언덕을 오를 수 있는 이유는 바로 가치관이 있기 때문입니다.

그는 증상의 직접적인 원인을 찾기 위해 청진기 끝에서 들려오는 소리를 믿었습니다. 이것이 그가 말하는 임상의 실력이며 과학적인 치료의 승리였습니다. 가치관이 없다면, 즉 어떤 목적으로만 산다면, 언덕을 오르다 쉽게 주저앉게 됩니다.

⋮

성공이라는 강장제

그는 돈만 밝히거나 구태의연한 처방전을 쓰는 의사가 되지 않기를 바랐습니다. 그런데 병원을 개업하고 일주일 동안 번 수입이 형편없는 것을 알고는, 병원의 재정 문제로 압박감을 느꼈습니다. 그것은 식욕이라는 본능적인 욕구만큼 그를 미묘하게 물질주의자로 만들었습니다.

그는 3실링 6펜스를 벌려고 악착을 떠는 데도 지쳤고, 어떻게든 성공을 향해 나아가고 싶었습니다. 그런데 상류층 여인을 치료하고 12기니를 받으면서 허영심이 점점 자라났습니다. 수표를 받으면서 그는 바보스러울 정도로 양심적으로 살아온 지난날을 비웃고 맙니다.

그가 수표를 받으며 즐거워할수록 물질적인 욕망보다 중요한 것은 아무것도 없게 되었습니다. 의사로서의 사명감도 공허한 것이 되었습니다. 더 두려운 것은 앞서 말한 가치관을 찾을 수 없게 된 것입니다.

남보다 성공해야 한다는 행복의 기준이 그를 질투심으로 몰고 갔습니다. 훌륭한 의사의 조건이 돈이나 물질적 성공이라고 말할 정도로 그의 이상은 타락했고, 결국에는 자신이 원하는 삶을 살기가 어려워졌습니다. 성공이라는 강장제는 모든 면에서 그를 지탱해주었으며 영혼까지도 팔아버릴 정도였습니다.

⋮

당신의 영혼은 죽어버렸어요!

그는 어떻게 하면 영혼을 팔지 않아도 좋을지 생각해보다가 문득 크리스틴을 처음 만났을 때를 떠올렸습니다. 홍역에 걸린 아이를 학교에 나오지 못하게 해야 하는가라는 문제로 그들은 서로 주장을 굽히지 않았습니다. 만약에 그 아이가 학교에 나오지 않으면 우유를 먹을 수 없다는 그녀의 주장이 그의 자존심을 건드렸습니다. 그럼에도 물질적인 만족으로는 채울 수 없는 순수하고도 묘한 감정이 신기할 따름이었습니다. 그는 한 번도 사랑에 대해 진지하게 생각한 적이 없었지만 그녀 때문에 가슴의 묘한 통증을 느꼈습니다. 무의식중에 그녀에게 가치 있는 존재가 되고자 했던 시절이었습니다.

그 시절 그는 훌륭한 의사였습니다. 더구나 가난을 부끄러워하지 않았지요. 비록 돈이나 지위와 상관이 없더라도 그는 사람들을 있는 그대로 치료했습니다. 하지만 돈이 인생의 목적이 되고부터는 물질적 성공이 전부라고 여겼습니다. 그는 돈 때문에 하느님의 눈을 속였습니다. 그래서 그녀가 성경을 읽는 모습조차 못마땅해했습니다. 그녀가 성경이 훌륭한 문학작품이라고 하자 그는 그녀가 노이로제를 앓고 있다고 말했습니다. 그때 그녀는 복받치는 감정을 자제하며 다음과 같이 말했습니다.

> 난 심한 노이로제 환자지만 영혼은 살아 있어요. 하지만 지독한 성공 병에 걸린 당신의 영혼은 이미 죽어버렸다고요!

곡선의 논리

물질적 성공을 이룬다면 행복할까요? 지나칠 정도로 건강을 걱정하면 오히려 건강에 더 해롭습니다. 마찬가지로 돈을 인생의 유일한 목적으로 삼고 언제나 돈만 걱정한다면 우리의 균형 감각은 깨지고 말 것입니다. E. F. 슈마허(E. F. Schumacher)는 『자발적 가난』에서 다음과 같이 말했습니다.

La Neva
Felix Vallotton

논리는 개인적인 관계 또는 개인을 넘어서는 관계와는 커다란 관련이 없다. 하지만 그것은 '물질세계'와 관계를 맺을 때에는 떼어놓을 수 없는 도구이다. …… 그러므로 생존을 위해서 직선 논리가 필요하다는 것은 의심할 여지가 없다. 하지만 그것과 대비되는 논리인 곡선 논리는 삶을 가치 있게 만든다.

'적음이 곧 많음'이라는 말은 오직 곡선 논리로써만 이해할 수 있다.

삶에서 곡선 논리의 발견보다 더 즐거운 발견은 없다. 적음이 많음이라는 논리는 당신을 해방시키는 힘을 가지고 있다. 더 적게 요구할수록 걱정할 필요도 적어진다. 그리고 더 적게 염려할수록 당신을 둘러싼 온갖 관계들도 더 나아질 가능성이 높다.

세속적 성공의 상징인 돈 때문에 우리의 삶이 빚 구름에 가려지고 있습니다. 빚에는 물질적인 빚만 있는 것이 아닙니다. 돈이 주된 목적이라고 하면 정작 자신이 할 수 있고 해야 하는 일을 하지 못하게 됩니다. 세속적 성공에 대한 강박에서 벗어나기 위해 가끔씩 하늘을 보면서 성채 모양의 구름이 펼쳐지고 있는지 살펴보는 것은 어떨까요? 영혼은 돈이 닿을 수 없는 곳까지 닿을 수 있습니다.

,

일곱 번을 일흔 번까지

레프 톨스토이 『부활』

인간이 사랑 없이도 관계를 맺게 되는 상황이 있다는 사고방식 때문에 그런 일이 생긴 것이다. 하지만 그런 상황은 있을 수가 없다. 여기에 모든 문젯거리가 있다. 물론 물건이라면 사랑 없이도 다룰 수 있다. 사랑 없이도 나무를 벤다거나 벽돌을 굽는다거나 쇠를 달군다거나 하는 일은 할 수 있다. 그러나 인간을 애정 없이 다룰 수가 있을까? 아무런 세심한 주의 없이 꿀벌을 키우는 것과 마찬가지다. 꿀벌의 특성상 세심한 보살핌 없이 꿀벌을 다룬다면 키우지도 못하고 손해를 입게 된다. 인간 역시 마찬가지다. 그렇지 않은 경우는 있을 수 없다. 그건 인간 상호 간의 애정이야말로 인간이 살아나가는 데 필요한 근본 법칙이기 때문이다.

뼛속까지 몰인정한 사람을 보면 두려울 뿐만 아니라 참을 수가 없습니다. 사람으로서 지녀야 할 최소한의 윤리마저 없어 보이는 무감각함. 어떠한 죄책감도 없으니 다른 사람들의 고통에 눈 하나 깜짝하지 않습니다.

사람의 탈을 쓴 동물이라 해도 좋을 이런 사람은 레프 톨스토이의 『부활』에서 보듯 '동물적인 자아'로 살아갑니다. 동물적인 자아는 오로지 자신의 행복을 위해서라면 지독할 정도로 다른 사람의 행복에 무관심합니다. 하지만 동물적인 자아에 대한 정신적 구토감 즉, '정신적인 자아'도 있습니다. 정신적인 자아는 다른 사람의 행복을 위해 얼마든지 자신을 희생합니다.

젊은 네흘류도프 공작은 군대에 복무하는 동안 고모네 집의 하녀였던 카튜샤와 하룻밤 육체적 사랑을 하고 맙니다. 그는 자신의 행위가 추악하다고 하더라도 과거를 잊고 나름대로 고귀하게 살 수 있으리라 믿었습니다. 그러나 자신의 생각을 진리라고 믿는 순간에 다시 한 번 그녀와 기막힌 우연으로 만나게 됩니다. 법정에서 만난 그녀는 창녀였고 살인을 저지른 가해자였습니다. 그리고 묘하게도 그는 그녀의 죄를 심판하는 배심원이었습니다. 하지만 조사 결과 그녀는 살인 누명을 쓴 피해자였습니다. 그런데도 법은 그녀에게 유죄 판결을 내리고 시베리아 유형을 선고했습니다.

⋮ 마음의 정화

그동안 그는 무서운 허위 혹은 빈틈없는 허위에서 벗어날 수 없었습니다. 무서운 허위란 모든 사람들이 진실이라고 믿는 허위, 즉 자신보다는 남을 믿는 데서 비롯되는 것입니다.

하지만 그녀의 불행 때문이었을까요? 그는 자신이 저지른 행위가 얼마나 비열했는지를 깨닫고 고통스러워했습니다. 그래서 그녀가 짊어질 운명의 무게를 덜어주고 그녀에게 지은 죄를 용서받고 싶었습니다. 흔히 사랑에 빠진 사람의 반응이라고 할 수 있겠지만 그렇지 않습니다. 오랜 시간이 지난 뒤에야 내면생활의 정체를 절감한 그는, 마음속에 쌓이고 쌓여 정체의 원인이 된 찌꺼기를 제거하여 마음을 정화하고 싶었습니다.

살다 보면 때로는 이해할 수 없고 모순적인 일들이 일어납니다. 그럴 때마다 우리는 힘들 때나 기쁠 때나 항상 옆에 있는 하느님을 찾습니다. 모든 질문에 답을 해줄 거라고 믿기 때문입니다. 굳이 표현하자면 하느님은 강력한 정신적 안정제입니다. 그러나 우리의 기대와 달리 답을 주지 않는 하느님을 원망하기도 합니다. 그럼에도 구원을 받고자 하느님을 다시 찾습니다. 하느님의 섭리를 이해하는 것은 불가능합니다. 하지만 하느님의 뜻을 실행하는 것은 가능하지 않을까요? 그가 하느님으로부터 마음의 평정을 얻으며 인간이 할 수 있는 선한 일을 할 수 있다고 느꼈던 것도 그래서입니다.

인간에 대한 의무

그녀의 결백을 주장하기 위해 법정 싸움을 하는 동안 그는 죄인들의 운명을 마음대로 좌우하는 사람들을 보게 됩니다. 우리는 누군가를 단정적으로 보는 경향이 있습니다. 가령, 어떤 사람은 좋은 사람이라든가 분별 있는 사람이라고 하며, 또 어떤 사람은 나쁜 사람이라든가 어리석은 사람이라고 말합니다.

하지만 인간은 흐르는 강물이라고 할 수 있습니다. 어느 지점에서는 물살이 빠르고 또 어느 지점에서는 느리며, 여기는 맑고 저기는 탁하기도 합니다. 인간의 성격도 이와 다르지 않습니다. 그런데도 우리는 죄지은 사람만을 처벌할 뿐입니다. 불행한 인간을 만든 나쁜 환경은 전혀 생각하지 않습니다.

문제는 이것만이 아닙니다. 관직에 몸을 두고 있는 사람들이 왜 몰인정한 인간이 되었는가에 대한 반성이 필요합니다. 인간으로서 가져야 할 가장 중요한 사랑과 동정이 없는 인간을 보는 것은 너무나 무서운 일입니다. 그들은 인간에 대한 의무를 생각하지 못하고, 오로지 자신들의 직무와 의무만이 제1의 조건이라고 여깁니다.

인간에 대해 연민을 품지 않는 것은 마치 식물의 생명력을 마비시키는 돌과 같습니다. 돌이 깔린 땅에는 비가 스며들지 않기 때문입니다. 아무런 감정이 없는 그들의 법칙에 대해 그는 다음과 같이 생각합니다.

> 왜냐하면 그들은 인간이라든가 인간에 대한 의무를 생각지 못하고 오로지 자신의 직무와 의무만을 중요시하여 이를 다른 사람들의 어떤 요구보다도 제1의 조건으로 다뤘기 때문이다. 모든 문제가 바로 여기에 있다. …… 우리가 잠시라도 어떤 상황에 처했을 때 인간애보다 더 중요한 것이 없다는 것을 절대 깨닫지 못한다면, 사람에 대해서 죄를 지으면서도 결코 그것이 죄라는 사실을 깨닫지 못하고 아무런 죄책감도 느끼지 못할 것이다.

The Lonely Ones
Edvard Munch

돌이켜보면 보잘것없는 창녀에 불과한 그녀가 왜 그의 중추신경을 건드렸던 것일까요? 자신이 그녀를 불행하게 만든 원인이라고 생각해서 그녀와 결혼하려 하는, 도무지 이해가 안 가는 그의 행동은 뭘까요? 양심에 따른 행동이라고 할 수 있는 인간애는 인간이 할 수 있는 가장 최고의 기능입니다. 만약에 인간애가 없다면 우리 몸속에 백혈구가 없는 것과 같습니다. 백혈구는 면역 기능을 하면서 생명을 유지시켜 줍니다. 마찬가지로 인간애는 우리를 좀 더 인간답게 살게 해줍니다.

악한 사람들을 다스리는 가장 단순한 방법은 징벌과 교정입니다. 하지만 이것은 기계적인 방법에 불과합니다. 이렇게 해서는 악으로부터 괴로움을 당하고 있는 사람들이 구원받을 수 없습니다. 이것을 막기 위해 하느님은 마태복음 18장에서 몇 번이나 용서해야 하느냐는 질문에 "일곱 번도 아닌 일곱 번을 일흔 번까지" 해야 한다고 말합니다. 이것은 하느님의 섭리가 아니라 뜻입니다. 자꾸만 되새기면 어느 순간 마음속에 잠들어 있던 정신적 존재가 눈뜨는 기쁨을 만끽하게 됩니다. 어쩌면 이것만이 우리 모두가 부활할 수 있는 유일한 진리가 아닐까요.

,

전쟁의 폐허 속에서 피어나는 꽃

에리히 마리아 레마르크 『사랑할 때와 죽을 때』

각자 자신의 운명을 지고 있는 것이다. 아무것도 가진 게 없을 때는 판단을 내리고 용감해지는 것이 쉽다. 그러나 무언가를 가지게 되면 세상은 달라 보인다. 더 쉬워질 수도 더 어려워질 수도 있으며 때로는 거의 불가능해질 수도 있다. 용감해지는 것은 언제든 가능했지만, 이제 그것은 다른 모습이고 전혀 다른 이름으로 나타나며 또 바로 거기서 출발해야 한다.

사람에게 전쟁은 지옥이라고 하더라도 구더기에게는 천국이겠지요. 전쟁의 희생양이 되어버린 사람들은 더 이상 사람이 아닙니다. 점잖게 말하면 시체이지만 나쁘게 말하면 구더기의 밥이 되고 맙니다. 그러니 구더기는 만찬을 마련해준 전쟁의 당사자들을 마음씨 좋은 신으로 기억할 것입니다.

이런 전쟁의 소용돌이는 모든 것을 한순간에 엉망으로 만듭니다. 전쟁은 죄지은 사람보다는 죄 없는 사람을 더 불행하게 합니다. 희망보다 불행이 어느 때보다 쉽게 전염됩니다. 에리히 마리아 레마르크(Erich Maria Remarque)의 『사랑할 때와 죽을 때』에서 휴가를 나온 독일군 병사 그래버는 죄의 그림자 때문에 잿빛 고독에 빠졌습니다.

그는 전쟁 중인 조국을 내버려둘 수 없다면서 스스로를 설득했지만 그것은 결국 자기 자신에 대한 변명에 불과했습니다. 더 나쁜 일을 방지하기 위해 함께 싸운다는 변명이었습니다. 그는 은사인 폴만 선생에게 자신의 처지를 고백하면서 진실을 알고자 했습니다. 이미 패한 전쟁인데도 불구하고 전쟁을 무의미하게 계속하려고 하는 것은 전쟁의 당사자들이 권력을 연장하기 위한 것이며, 이로 인해 많은 불행이 끊임없이 이어져왔다고 했습니다. 이런 불합리한 상황에서 그가 전선으로 다시 돌아가 전투에 가담한다면 도대체 어디까지가 공범자가 되는 걸까요?

⋮

제2의 전쟁

그가 고민했던 양심의 문제는 반성이 지나친 것일 수도 있습니다. 무엇을 위해 전쟁을 해야만 하는 것인지 고민하는 것은 전선이라는 엄중한 현실에서 용기가 없어 보였습니다. 용기는 자기 자신을 지킬 수 있을 때만 나오기 때문입니다.

그렇다고 해서 전쟁에서 공범자, 더 나아가 살인자가 되는 것이 해결책이라고 할 수는 없습니다. 명령에 따라 행동할 수밖에 없었다고 하는 것은 속죄는커녕 동물적인 선택으로 보입니다. 우리는 하이에나 같은 동물은 아닙니다. 하이에나는 언제나 하이에나입니다. 하지만 우리에게는 다양한 면모가 있는데, 이는 "탄력적인 양심"을 가졌기 때문입니다.

그는 전후방이 따로 없는 악몽 속에서 가족의 안전과 생명을 지키는 것은 전선에서 총을 들고 싸우는 것보다 세 곱 내지 열 곱으로 버거운 전쟁이라고 절망하지 않았던가요? 군인이 전쟁에서 명령이나 정의라는 이름으로 총을 들고 싸우는 것은 아주 실용적으로 제1의 전쟁이라고 할 수 있습니다. 사는 것과 죽는 것이 분명한 흑백 세계…… 이렇게 보면 모든 것이 절망적입니다. 그럼에도 전쟁이라는 폐허 속에서도 꽃들이 피어나는 또 하나의 전쟁이 있습니다. 바로 제2의 전쟁입니다.

제2의 전쟁은 제1의 전쟁의 반대가 아닙니다. 만약에 반대라고 한다면 숨겨진 희망을 발견할 수 없을 것입니다. 제2의 전쟁은 절망을 굳세게 견디는 것입니다.

⋮

사랑은 미래

그러면 사랑은 어떨까요? 사랑은 전쟁의 다른 쪽에 놓인 행복이라고 할 수 있습니다. 그가 엘리자베스와 사랑하면서 기뻐했던 것은 그녀가 곧 '제2의 자신'이라는 느낌 때문이었습니다. 즉 한계도 없고 과거도 없고, 어떠한 죄의 그림자도 없는 완전한 현재이고 생명이었습니다.

한번은 그가 그녀에게 술을 마시기 위해 크리스털 잔과 백포도주 잔을 고르라고 하자 그녀는 너무 사치스럽다며 놀랐습니다. 평화로운 시대에는 충분히 가능하겠지만 지금처럼 검은 불안이 휩쓸고 있는데 그렇게까지 사치해야만 하는지 물었습니다. 하지만 그는 사랑에는 기쁨을 즐길 만큼 충분히 사치가 있어야 한다고 했습니다. 뿐만 아니라 사치를 넘어서는 평화이고 안전이고 기쁨이고 축제라는 것입니다.

사랑은 분명 삶의 기쁨에 큰 영향을 끼칩니다. 그래서 사랑하기 위해서는 기쁨의 의미를 다시 새겨보아야 합니다. 기쁨이라는 말 자체에는 고통이 없지 않습니다. 만약에 어떠한 고통도 없다면 그것은 기쁨이 될 수 없습니다. 누군가를 사랑한다는 것을 아는 것은 곧 누군가의 걱정을 아는 것입니다. 사랑하려면 적어도 걱정을 손에 넣음으로써 기쁨이 사라지지 않아야 합니다. 왜냐하면 기쁨은 사랑하는 사람을 만들기 때문입니다.

가령, 그녀가 아기를 가지고 싶다고 했을 때 그는 너무 이른 희망에 불과하다고 했습니다. 모든 것이 전쟁으로 황폐해져 아이가 태어날 세상이 얼마나 비참할지를 생각하면 기뻐할 수만은 없었습니다. 그러자 그녀는 다음과 같이 말합니다.

> 만일 현재와 같은 사태에 반대하는 사람들이 모두 아이를 낳지 않는다면 어떤 일이 벌어질까요? 야만스러운 사람들만 아이를 낳게 된다면 어찌 되겠어요? 그렇게 된다면 누가 이 세상에서 정

Landscape with Rose Trellis
John Singer Sargent

의를 다시 실현할 수 있겠어요?

그녀는 자신에게 닥친 고통스러운 운명을 사랑할 줄 아는 사람이었습니다. 아이, 즉 생명은 지금 이곳이 아닌 저 너머의 아름다운 세상을 꿈꾸게 하는 정의라는 것입니다. 그는 그녀가 아기에 대해 한 말을 곰곰이 생각해보면서 결코 생각하지 못했던 생명이라는 놀라운 발견을 하게 됩니다. 미래의 존재에게 생명을 전달한다는 것은 불가사의한 일인지 모릅니다. 그래서 기쁨을 잃으면 사랑의 미래도 사라질 것입니다.

⋮

그래야 하는 존재

우리는 자신에게 닥치기 전까지는 무슨 일이 일어나더라도 모릅니다. 죽음이 넘쳐나는 부조리한 현실을 파고들기 전까지 누구에게도 물어볼 수 없었던 의문들은 불투명합니다. 몽테뉴는 『몽테뉴의 수상록』에서 다음과 같이 말합니다.

언제 생을 마감하든, 그게 당신 몫의 전부다. 얼마나 살았느냐가 아니라 어떻게 살았는지가 중요하다. 오래 살았지만 조금 산 것일 수도 있다. 그러니 살아 있는 동안에 삶에 전념하라. 충분히 살았는지의 여부는 실제로 몇 해를 살았는가보다 그대의 의지에 달려 있다. 끊임없이 지향하고도 이르지 못할 만한 곳이 있는가? 끝이 없는 길은 없다.

모든 의문들은 낮이 아니라 밤에 더욱 투명해집니다. 그는 낮 동안에는 병사였지만 밤에는 병사가 아니었습니다. 밤에는 '그렇게 되어버린 존재'가 아니라, '원래 그래야 하는 존재'로 돌아가기 때문입니다. 우리는 삶의 고통 앞에서 절망합니다. 하지만 그것으로 끝이 아닙니다. 절망 너머 미래를 탄력적으로 본다면 우리는 '그렇게 되어버린 존재'로 끝나지는 않을 것입니다.

,

모든 것은
자신의 손에 달려 있다

도스토옙스키 『죄와 벌』

마음을 크게 갖고 무서움을 좀 버리십시오. 위대한 실행이 임박하자 겁이 나십니까? 아니요, 이럴 때 겁을 내는 것은 부끄러운 일입니다. 일단 그런 걸음을 내디뎠다면 힘을 내셔야지요. 이건 이미 정의의 문제입니다. 자, 이제 정의가 요구하는 것을 실행하십시오. 선생이 믿지 않으신다는 것쯤은 압니다만, 그래도 틀림없이 삶이 끝까지 이끌고 갈 겁니다. 나중에는 스스로 좋아하시게 될 테고요. 지금 선생에게는 오직 공기가 필요할 따름입니다, 공기, 공기가!

트롤리 딜레마가 있습니다. 트롤리가 달리는 선로에는 다섯 명이 있고 다른 선로에는 한 명의 인부가 있습니다. 이럴 때 바른 마음은 무엇일까요? 비상 레버를 당겨서 선로를 바꿔 다섯 명을 살려야 할까요?

도스토옙스키의 『죄와 벌』에 나오는 로쟈는 기차의 선로를 변경하여 한 명을 죽게 하는 선택을 합니다. 그는 인간을 자연의 법칙에 따라 평범한 사람과 비범한 사람으로 나눕니다. 평범한 사람들은 보수적이고 순종하는 것을 좋아하며 항상 현재의 주인으로 살고자 합니다. 반면에 비범한 사람들은 전부 법률을 넘어서는 자들이며 그 능력에 따라 파괴자이거나 그런 경향이 있는 미래의 주인으로 세계를 움직이고 목표를 향해 이끌고 갑니다.

그는 전당포 노파에 대한 무한한 혐오감을 감당할 수 없어 그녀를 죽였습니다. 그와 노파의 거리는 730 걸음입니다. 730 걸음을 걷고 나면 노파가 가진 돈으로 수많은 목숨을 살릴 수 있었습니다. 하지만 그가 죽인 노파는 정작 사람이 아니었습니다. 노파는 그저 허상에 불과했을 뿐입니다. 무엇을 위해 사는

지도 모르는 병든 노파는 다른 사람의 인생을 갉아먹는 해로운 존재, 이(蝨)만도 못했습니다. 그래서 그는 어떠한 후회도 없이 하나의 죽음으로 백 명의 생명을 살리고자 했습니다. 그는 도끼보다 더 날카롭게 정의를 휘둘렀습니다.

비범한 사람들의 법칙

사람들은 가난은 죄가 아니라고 합니다. 그냥 가난한 정도라면 얼마든지 이겨낼 수 있습니다. 하지만 아무것도 할 수 없는 극빈한 상태라면 죄가 될 수도 있지 않을까요? 너무 가난해서 범죄를 저지를 수밖에 없는 상황에 놓일 수도 있으니까요. 범죄는 환경적인 요인도 있다고 합니다. 그래서 사회를 정상적으로 만든다면 모든 범죄가 한꺼번에 사라질 것이라고 합니다. 더 이상 저항할 목적이 없어지면 모두가 올바른 인간이 되기 때문입니다.

하지만 그는 세상에는 온갖 난동과 범죄를 저지를 수 있는, 단지 그럴 수 있는 정도가 아니라 그럴 만한 온전한 권리를 가진 어떤 인물들이 존재한다는 것을 알게 되었습니다. 그가 나폴레옹이 되고 싶었던 이유는 여기에 있습니다.

나폴레옹은 비범한 사람이며 자신의 양심이 허락하는 한 오로지 자신의 세계를 만들었습니다. 자신의 이념을 위해 시체라도, 피라도 뛰어넘어야 한다면 얼마든지 뛰어넘었습니다. 이것이 비범한 사람들의 법칙, 즉 어느 누구도 생각지 못했던 많은 것을 감행할 수 있다면 그것이 제일 옳다는 것입니다. 그러니 죄책감은 있다고 하더라도 수치심은 없겠지요.

⋮

태양은 태양이 되어야지요

그는 자신이 사랑했던 소냐가 매춘으로 돈을 벌면서도 어떻게 그녀의 내면에는 치욕과 저급함과 반대되는 성스러운 감정들이 섞여 있는 것인지 의아했습니다. 시궁창에서 살면서, 동시에 그런 일을 해봐야 아무도 도울 수 없다는 것을 알면서도 말입니다. 그녀는 미치거나 자신의 삶을 끝내지도 않았습니다. 이토록 무서운 일에 종지부를 찍는 것이 더 정당하고 이성적인 일인데, 그녀는 이 모두가 하느님이 그런 무서운 일을 절대로 허락하지 않은 덕분이라고 했습니다. 그녀는 온갖 위협에도 불구하고 무너지지 않았습니다. 그럴수록 온전했습니다.

그는 '양심에 따라' 피를 허용했습니다. 어쩌면 그의 죄는

합법적으로 유혈을 허용하는 것보다 더 무서운 일이며 광신적인지 모릅니다. 적어도 양심이 있는 자라고 한다면 자신의 잘못을 인정하고 괴로워해야 합니다. 이것이 곧 벌(罰)입니다. 그가 자신이 미학적인 이(蝨)에 불과했다고 깨닫게 된 이유도 여기에 있습니다.

한편 그를 고통스럽게 만들었던 생각은 '왜 자살하지 않았을까?'라는 것입니다. 하느님의 섭리를 알 수 없으나 자신의 결정으로 심판하는 것이 불가능하다는 그녀의 신념은 이제 그의 신념이 되었습니다. 비록 자존감에 상처를 받았지만 더 이상 그는 삶을 하찮게 여기지 않았습니다. 만약에 그랬다면 그는 삶을 구원받는 데 실패했을 것입니다. 그래서 다음과 같은 메시지는 그뿐만 아니라 누구에게나 구원이 될 것입니다.

태양은 무엇보다도 태양이 되어야지요.

고귀한 인간

그는 시베리아 유형살이를 하면서 고통을 받아들이고 그것을 통해 속죄했습니다. 새로운 삶이 거저 주어지지 않는다는 것, 그러려면 위대한 업적을 이룩해야 한다는 것을 깨달았으며 7년을 7일처럼 바라볼 수 있었습니다. 프리드리히 니체는 『선악의 저편』에서 다음과 같이 말했습니다.

> 고귀한 부류의 인간은 스스로를 가치를 결정하는 자라고 느낀다. 그에게는 타인에게 인정받는 것이 필요하지 않다. …… 고귀한 인간 역시 불행한 사람을 돕는다. 그러나 거의 동정에서가 아니라, 오히려 넘치는 힘이 낳은 충동에서 돕는다. 고귀한 인간은 자기 안에 있는 강자를 존경하며, 또한 자기 자신을 지배할 힘이 있는 자, 말하고 침묵하는 법을 아는 자, 기꺼이 자신에 대해 준엄하고 엄격하며 모든 준엄하고 엄격한 것에 경의를 표하는 자를 존경한다.

우리는 누구나 비범한 인물이 되고 싶어 합니다. 그저 숨쉬는 것만으로는 삶의 의미가 항상 부족합니다. 그래서 모든 것이 주어진 운명이 아닌 자신의 손에 달려 있다고 보는 것입니다. 삶이 부조리하거나 쓸모없게 보이더라도, 아무리 고통스럽더라도 열정을 가진 사람은 쉽게 패배하지 않을 것입니다.

Red Virginia Creeper
Edvard Munch

Chapter 4

소외와 저항 — 멀리 떨어진 고독한 길

,

치욕의 징표를 딛고

너새니얼 호손 『주홍 글자』

미움과 사랑이 근본적으로 서로 동일한 것인가 하는 것은 관찰하고 탐구할 만한 흥미로운 주제이다. 사랑과 증오가 높은 정도에 이르면 극진한 친밀감과 마음의 이해를 요구하게 된다. 사랑과 증오는 각각 한 개인이 애정과 영적 생활의 양식을 다른 인간에게 의존하게 만든다. 그리고 사랑과 증오는 각각 정열적인 애인 또는 그 못지않게 극성스러운 원수에게서 그 상대를 빼앗아버림으로써 그들을 외롭고 쓸쓸하게 만든다. 그러므로 철학적으로 생각해볼 때 이 두 정열은 근본적으로 동일한 것으로, 다만 하나는 천국의 광명 속에서 보이는 반면, 다른 하나는 희끄무레하고도 무서운 지옥의 불 속에서 보인다는 점이 다를 뿐이다.

세상에는 의미가 까다로운 묘비명도 있습니다. 묘비명은 사람의 일생을 좀 더 특징적으로 디테일하게 쓰면서 망자(亡者)를 살린다고 할 수 있습니다. 헤밍웨이는 '일어나지 못해 미안합니다', 스탕달은 '살았다, 썼다, 사랑했다', 그리고 슈베르트의 묘비에는 '음악은 이곳에 소중한 보물을 묻었다'라고 새겨져 있습니다. 그런가 하면 원주율의 창시자 루돌프의 묘비명은 'π = 3.14159265358979323846264338327950288'입니다. 그런데 검은 바탕에 주홍 글자 'A'가 새겨져 있다면 정말이지 '왜?'라는 물음이 나올 만큼 쉽게 알 수 있는 묘비명은 아니지요.

너새니얼 호손(Nathaniel Hawthorne)의 『주홍 글자』에는 주홍 글자 A라는 묘비명이 나옵니다. 17세기 청교도 사회에서는 간통을 한 사람은 'adultery'의 머리글자인 'A'를 평생 동안 가슴 위 옷에 달고 다녀야 했습니다. 죄인의 과실이 무엇이든지 죄인이 창피해서 얼굴을 숨기지 못하게 하는 것보다 더 인간성에 어긋나는 모욕, 더 잔인무도한 모욕은 아마 이 세상에 없을 것입니다. 결과적으로 통치자들에게 치욕은 가장 효과적이며 현명한 처벌이었습니다. 묘비명에 치욕의 글자가 쓰여 있다면 비석 위의 글자가 사그라질 때까지 죄를 훈계하는 살아 있는 설교가 될 수 있습니다.

⋮

폭신한 베개

그런데 『주홍 글자』에 나오는 헤스터, 가슴에 치욕의 징표인 주홍 글자를 달고 두 팔에 불륜의 씨앗인 갓난아이를 안고 처형대에 서 있어야만 했던 그녀는 조금도 두려워하거나 부끄러워하지 않았습니다. 지각 있고 믿음이 두터운 사람들조차 때로는 하느님의 이른바 기적적 간섭이라는 극적 효과를 바랍니다. 믿음이란 현재보다는 미래를 위한 것입니다. 그러니 누가 봐도 속죄하는 것이 가치가 있습니다. 그러나 그녀는 오히려 주홍빛 헝겊에 금실로 꼼꼼하게 수를 놓아 A자를 아주 예술적으로 멋스럽게 만들었습니다. 무엇이 그녀에게 마력 같은 효과를 지니게 한 것일까요?

그녀는 종교적 만음이라는 쉬운 길을 택하지 않았습니다. 어렵더라도 사람들과 부대끼며 삶의 무게를 지탱해나가고 싶었습니다. 현재의 슬픔을 이기는 데 미래로부터 도움을 받기를 바라지 않았습니다. 미래의 나날은 고통스러운 길을 짊어지고 가게 할 뿐 결코 그 짐을 내려놓게 하지는 않았습니다.

무엇보다도 그녀는 과거에 있었던 일에 대해서는 마치 과거가 없었던 것처럼 만들었습니다. 비록 치욕의 징표를 달고 있었지만 그녀의 가슴은 베개가 필요한 사람의 머리를 위해서는 폭신한 베개가 되었습니다. 이렇게 함으로써 그녀는 영혼이 정화되고 이미 잃어버린 것과는 또 다른 순결을 얻을 수 있다고 생각했습니다.

⋮

고통의 통로

한편, 그녀의 불륜 상대였던 딤스데일 목사는 어땠나요? 자신의 죄를 세상에 드러내지 못해 죄책감에 시달려 나날이 쇠약해져 갔습니다. 가슴에 손을 얹는 것이 어쩌다 하는 행동이 아니라 쉴 새 없이 하는 버릇이 되었습니다. 죄를 고백하지 않음으로써 죄를 짓게 되겠지만 그의 가슴은 최후의 심판의 날까지 비밀을 고백하지 않으려고 했습니다. 가슴에 주홍 글자를 달고 있는 그녀가 행복했다면, 그의 주홍 글자는 상상도 못할 정도로 가슴속에서 남몰래 불타고 있었던 것입니다.

생각해보면 그처럼 타락한 영혼이 남의 영혼을 구제하는

Portrait of a Young Girl in Red
Theo van Rysselberghe

일은 망상에 가깝습니다. 때로는 죽음보다 더 두려운 고단함이 많았을 것입니다. 또한 신의 보살핌을 받으면서 회개한다고 하더라도 어디에서도 보람을 찾을 수 없다고 느꼈을 것입니다. 자기 자신을 속이는 것이라 더욱 살아 있는 죽음이라는 생각에 죄악의 돌부리에 걸려 넘어질 뿐입니다. 만약에 그가 무신론자였다면 양심도 없고 더러운 짐승 같은 본능으로 인해 오히려 마음의 평화를 쉽게 찾았을 것입니다.

세상 사람들이 하나같이 눈살을 찌푸렸지만 그녀는 모든 것을 꾹 참고 견뎌왔습니다. 그러나 그의 찌푸린 눈살은 견딜 수가 없었습니다. 그녀는 절망에 빠진 그에게 말합니다.

저에게 눈살을 찌푸리지 않으시겠지요? 용서해주시는 거지요?

누군가에게 눈살을 찌푸린다는 것은 고통이겠지요. 내 몸 속으로 들어온 고통을 어떻게든 견디려고 하다 보니 자신도 모르게 눈살을 찌푸리게 됩니다. 하지만 눈살을 찌푸릴수록 고통은 더욱 앙상해져 보는 사람에게도 상처로 남습니다. 그러고 보면 어떤 고통이든 참아내는 것이 전부라는 생각은 새로운 두려움이라고 할 수 있습니다. 보다 강한 사람이 되려고 할 때 비로소 자유의 몸이 될 수 있습니다. 고통이 찾아오면 반갑게 맞을 일은 아니지만 그렇다고 눈살을 찌푸려도 좋다는 것은 아닙니다. 우리가 할 일은 고통이 왔다 갈 통로를 만드는 것입니다.

⋮

절망을 대하는 태도

주홍 글자 A가 타락이나 불륜이라는 범위 안에서만 존재하는 것일까요? 만약에 참회의 이빨로 다시 새겨진다고 하면 마치 수녀의 가슴 위 십자가와 같은 효능을 지니게 될 것입니다. 버트런드 러셀(Bertrand Russell)은 『행복의 정복』에서 다음과 같이 말했습니다.

> 올바른 기분 전환 방법은 사고 작용을 파괴하는 것이 아니라, 사고를 새로운 방향으로 돌리거나 적어도 현재의 불행과는 거리가 먼 방향으로 돌리는 것이다. 이제까지 극히 적은 관심사에만 생활이 집중되어 있고, 그 얼마 안 되는 관심사마저 슬픔에 압도되어버린 경우에는 이런 긍정적인 기분 전환 방법을 사용하기 어렵다. 불행이 닥쳤을 때, 불행을 제대로 극복하기 위해서는 행복할 때, 폭넓은 관심사를 기르는 것이 현명하다. 그럼으로써 현재

상황을 견디기 어렵게 만드는 생각과 감정이 아니라, 다른 생각과 감정을 제공할 수 있는 평온한 마음가짐을 가질 수 있도록 준비하고 있어야 한다.

그렇습니다. 절망을 솔직하게 말해야겠지요. 죄책감에 시달리다 보면 얼굴을 찡그리지 않고는 견딜 수 없을 것입니다. 하지만 그녀의 당당한 태도는 주홍 글자를 낙인이 아니라 어떤 상징으로 만들었습니다.

죄를 짊어지고 살더라도 주홍 글자 'A'를 본래의 뜻 그대로 달고 다니지 않았으면 합니다. 우리의 가슴은 얼마든지 '능력(ability)', '천사(angel)'로 눈부시게 빛나면서 구원에 한 걸음 더 가까이 갈 수 있습니다. 그래야만 우리 모두가 그리워하는 '사랑(amor)'으로 불타오르지 않을까요?

,

진실을 위해
죽음도 마다하지 않는

알베르 카뮈 『이방인』

보기에는 내가 맨주먹 같을지 모르나, 나에게는 확신이 있어. 나 자신에 대한, 모든 것에 대한 확신. 그보다 더한 확신이 있어. 나의 인생과, 닥쳐올 이 죽음에 대한 확신이 있어. 그렇다, 나한테는 이것밖에 없다. 그러나 적어도 나는 이 진리를, 그것이 나를 붙들고 놓지 않는 것과 마찬가지로 굳게 붙들고 있다. 내 생각은 옳았고, 지금도 옳고, 또 언제나 옳다. 나는 이렇게 살았으나, 또 다르게 살 수도 있었을 것이다. 나는 이런 것은 하고 저런 것은 하지 않았다. 어떤 일은 하지 않았는데 다른 일을 했다. 그러니 어떻단 말인가? 나는 마치 저 순간을, 내가 정당하다는 것이 증명될 저 신새벽을 여태껏 기다리며 살아온 것만 같다. 아무것도, 아무것도 중요한 것은 없다.

거짓말을 거부한 남자

거짓말 박사란 별명을 가진 폴 에크먼 캘리포니아대 심리학과 교수는 사람이 의식적이든 무의식적이든 평균 8분에 한 번, 하루 200여 번 거짓말을 한다고 했습니다. 보통 거짓말이라고 하면 진실과 반대되는 것으로 여겨집니다. 하지만 거짓말도 상황에 따라 여러 색깔이 있습니다. 즉, 나쁜 뜻으로 하는 것은 검은 거짓말이지만 좋은 뜻으로 하는 것은 하얀 거짓말입니다. 그리고 하얀 거짓말과 검은 거짓말을 섞은 회색 거짓말도 있습니다.

왜 우리는 삶의 어느 지점에서 거짓말을 하게 되는 것일까요? 모든 사람들이 참말만 하면 너무 사막 같아서 그럴까요? 폴 에크먼 교수의 말이 사실이라면 거짓말은 인간의 본성이라고 할 수 있습니다. 그런데 알베르 카뮈(Albert Camus)의 『이방인』에서 뫼르소는 거짓말을 거부해서 제목 그대로 이방인이 되어버립니다. 거짓말은 단순히 있지도 않은 것을 말하는 것뿐만 아니라 실제로 있는 것 이상을 말하는 것입니다. 특히 마음에 대해서는 자신이 느끼는 것 이상을 말하는 것을 뜻합니다. 우리는 '삶을 좀 간단하게 하기 위해' 매일같이 이런 거짓말을 합니다.

거짓말을 하다 보면 자신이 느끼는 것 이상을 말할 수 있는데 이것이 곧 회색 거짓말입니다. 그런데 그는 이런 거짓말조차 거부했습니다. 어머니가 양로원에서 사망했다는 전보를 받았지만 그는 어차피 한 번은 당해야 할 일이라고 생각하면서 무심한 태도를 보였습니다. 장례식이 끝나고 집으로 돌아와서는 열두 시간 동안 실컷 잠잘 수 있다는 기쁨 이외에 아무것도 없었습니다. 어디 그뿐인가요? 다음 날 그는 해수욕장에서 전에 같이 일하던 마리를 만나 그녀와 사랑을 나누면서 부적절한 시간을 보냈습니다.

우리의 관습대로 심판하고자 한다면 그는 모친상을 당한 사람이라고는 믿을 수 없을 정도로 전혀 도덕적이지 않습니다. 그런데도 그는 모든 것에 대해 "내 탓이 아닙니다"라고 말할 뿐입니다.

'내 탓이 아니다'라는 말은 거짓말처럼 들리겠지만 앞서 말한 대로 그는 거짓말을 거부하는 사람입니다. 그래서 그는 거짓말을 하는 것이 아니라 오히려 거짓말과 정면 대결 한다고 봐야 합니다. 그 싸움의 강도가 강할수록 그만큼 현실을 냉소적이면서도 아주 정확하게 볼 수 있습니다. 그래서 더 비참함을 느낍니다.

삶을 간단하게 살기 위해서는 좋든 싫든 자신의 감정을 드러내지 않아야 합니다. 거짓말을 하는 삶은 결국에는 자신을 나약하게 만듭니다. 전혀 현실적이지 않은 삶, 그래서 삶은 부조리합니다. 평균적인 인간은 부조리에 맞서는 것을 쉽게 포기합니다. 이때 거짓말도 아주 쉽게 하고 맙니다. 하지만 부조리의 인간은 거짓말을 거부하면서 반항합니다. 즉 대담하게 현실과 부둥켜 대결한다는 것입니다.

⋮

태양 때문에

부조리의 인간이었던 그는 '일요일을 좋아하지 않는다'고 말했습니다. 어느 날보다 일요일이 따분했기 때문입니다. 여기에서 주목해야 할 것은 일요일이 아니라 햇빛의 중독성입니다. 우리에게 햇빛은 없어서는 안 될, 거부할 수 없는 운명과 같습니다. 하지만 이러한 햇빛도 '내 탓이 아닐 때'는 얼마든지 치명적이라고 할 수 있습니다.

거의 수직으로 쏟아지는 햇빛은 사람의 기(氣)를 꺾어놓기 충분합니다. 그가 어머니 장례식 때 얼마나 햇빛을 견딜 수 없었는지 생각해보면 서글플 지경입니다. 그는 이렇게 햇빛으로부터 벗어날 수 없는 상황에서, 즉 어머니 장례식을 치르던 그날과 똑같이 머리가 아팠던 탓에 바닷가에서 친구와 싸웠던 아랍인을 우연히 죽이고 맙니다.

그가 사람을 죽인 것은 사실이더라도 그럴 의도는 없었다고 변명한다면 적당한 처벌을 받을 것입니다. 그런데 아무런 꾸밈없이 '태양 때문이었다'고 말한다면 얼마나 우스꽝스러운 변명일까요?

이 사건을 맡은 예심판사는 하느님의 도움을 얻어 그를 구원하려고 했습니다. 예심판사는 십자가를 보여주면서 하느님께 용서받지 못할 만큼 죄가 큰 사람도 없지만, 용서를 받으려는 사람은 뉘우치는 마음으로 어린아이처럼 마음을 깨끗이 비우고 모든 것을 받아들일 준비를 하지 않으면 안 된다고 했습니다. 만약 조금이라도 하느님을 의심한다면 그의 삶은 무의미해진다고 했습니다.

그럼에도 그가 고뇌의 형상을 보고도 울지 않자 예심판사는 그를 가리켜 '반기독자(反基督者)'라고 했습니다. 더구나 그는 진정으로 무엇을 뉘우치는 일이 한 번도 없다고 하면서 사실상

The Sun
Edvard Munch

그에게는 영혼 같은 것도, 인간다운 점도, 인간들의 마음을 지켜주는 도덕적 원리도 찾아볼 길이 없다고 했습니다.

특권 가진 존재

예심판사와 같은 사람들의 관점으로 볼 때는 어머니의 장례식 전후에 나타난 그의 무관심한 태도와 난잡한 생활이 살인 사건과 근본적이며 본질적인 관계가 됩니다. 결국 정신적으로 어머니를 죽이는 사람은 자기의 손으로 아버지를 죽이는 사람과 마찬가지로 인간 사회를 배반하게 된다는 것입니다.

이런 그가 하느님도 믿지 않고 하느님의 얼굴이 나타나는 것을 거부하자 법정은 관용이라는 소극적 덕목보다는 더 고귀한 덕목인 정의를 내세우며 그에게 사형 선고를 내렸습니다. 그러면서도 하느님을 믿지 않고 아무런 희망도 없이 죽으면 완전히 없어져버릴 텐데 그렇게 살아야만 하느냐고 설득하며 그가 진정으로 뉘우치기를 바랐습니다. 그러나 그는 오히려 다음과 같이 말했습니다.

사람들이 선택하는 삶, 사람들이 선택하는 운명, 그런 것이 내게 무슨 중요성이 있단 말인가? 오직 하나의 숙명만이 나를 택하도록 되어 있고, 나와 더불어 그처럼 나의 형제라고 자처하는, 특권 가진 수많은 사람들도 택하도록 되어 있는 것이다. 알아듣겠는가? 사람은 누구나 다 특권 가진 존재다.

우리는 관습(慣習)적으로 생각하거나 행동하기 쉽습니다. 관습적으로 살다 보면 어느 순간 삶이 정지하는 것을 느끼게 됩니다. 오늘, 내일이라는 시간관념을 잃어버린 채 그저 하루하루를 보낼 뿐입니다. 이렇게 자기 중심을 잃은 사람들이 선택하는 삶이란 감옥과 다르지 않습니다. 처음에는 자유를 빼앗긴 고통에 몸부림쳐보지만 시간이 지나면 감옥 안의 빛과 어둠에 익숙해진다는 것입니다. 이것이 곧 자기 파멸의 원리입니다.

하지만 관습을 거꾸로 하면 습관(習慣)이 되는데 이것은 '내가 선택한 삶'입니다. 놀랍게도 그는 이것이 자기 삶의 특권이라는 것입니다. 다시 말하면 특권 있는 존재란 아주 실존적인 삶의 태도입니다. 카뮈의 말대로 영웅적인 태도를 취하지는 않으면서도 진실을 위해 죽음도 마다하지 않을 것입니다. 왜냐하면 절대에 대한, 진실에 대한 정열이 삶의 활력이기 때문입니다.

,

절대 토끼가 아니라니까!

켄 키지 『뻐꾸기 둥지 위로 날아간 새』

이 세계는……, 힘센 자들의 것이에요, 친구! 이 세계는 약한 자들을 잡아먹을수록 점점 더 강해지는 힘센 자들을 중심으로 돌아가지요. 우리는 이것을 직시해야 합니다. 세상이 이런 식으로 돌아가는 건 당연해요. 우리는 이것을 자연 세계의 법칙으로 받아들여야 해요. 토끼는 자연 세계의 법칙이 정해놓은 자기의 역할을 받아들이고 늑대를 강한 자로 인정합니다. 그리고 자기 몸을 지키기 위해 교활해지고, 수세에 몰리면 겁을 먹고 도망을 칩니다. 그래서 늑대가 주위에 나타나면 구멍을 파서 거기에 숨지요. 토끼는 그런 식으로 버티며 목숨을 부지해갑니다. 자기 분수를 아는 거지요. 그래서 늑대와 싸우려 대드는 일이 거의 없어요. 그런데 현명한 걸까요? 그럴까요?

인디언에게 전해 내려오는 동요 중에 '기러기 한 마리는 동쪽으로, 한 마리는 서쪽으로, 한 마리는 뻐꾸기 둥지 위로 날아갔다' 라는 노래가 있습니다. 기러기가 동쪽 혹은 서쪽으로 가는 것은 제 갈 길을 가는 것입니다. 하지만 뻐꾸기 둥지 위로 날아간 기러기는 결코 정상적이라고 할 수 없습니다.

그래서 켄 키지(Ken Kesey)의 『뻐꾸기 둥지 위로 날아간 새』에서 보듯 뻐꾸기 둥지는 평범함과 차원이 다른 정신병원을 말합니다. 마음의 방어벽이 없는 것이 아니라 그것이 고통으로 단단해질 때, 어느 순간 사람들이 이상한 눈으로 보게 됩니다. 이러한 따가운 시선 탓에 자신도 모르는 사이에 세상의 불청객이 되고 맙니다.

이런 악순환을 치료하기 위해서 죄를 처벌하는 것보다 감정을 통제하는 것이 좀 더 효과적입니다. 감정을 평평하게 만들거나 아니면 감정을 억누를수록 현실이 비현실이 되어 정신을 몽롱하게 합니다. 이렇게 정신병원은 정밀한 기계처럼 한 치의 오차도 없이 정한 규칙에 따라 거의 완벽하게 조종되며, 정확하고 능률적으로 고통에 무감각해지게 합니다.

그것은 '콤바인' 때문에 가능합니다. 콤바인이라는 거대한 조직이 정신병원을 조종합니다. 다시 말하면 정신병원은 콤바인을 위한 공장으로, 비정상적인 상태로 들어온 사람을 정상적으로 기능하는 완벽한 존재가 되게 합니다.

⋮

작은 인간

인디언 아버지와 백인 어머니 사이에서 태어난 추장 브롬든은 인디언에 대한 차가운 멸시 때문에 벙어리, 귀머거리 행세를 해 정신병원에 갇히게 됩니다. 그리고 콤바인의 정체를 알게 된 후 아버지가 초라하게 죽어야 했던 이유를 알게 되었습니다.

자본가적 재능을 가진 문명인은 보상금으로 인디언의 영혼을 사라지게 했습니다. 어느 누구보다도 커다란 인간이었던 그의 아버지를 결국에는 작은 인간으로 쓰러뜨렸습니다. 콤바인은 아버지를 싸울 수 없도록 변화시켰는데 야생마를 길들이듯 그렇게 한 것은 아닙니다. 큰 인간, 즉 운명에 순응하지 않으려는 기미가 보이면 곧 콤바인이 가동하여 작은 인간으로 만들어버렸습니다.

돌이켜보면 큰 인간이 작은 인간이 되는 것이나 자연 세계

Landscape with Five Houses
Kazimir Malevich

의 법칙이나 다르지 않습니다. 이 세계는 힘센 자들의 것이며, 약한 자들을 잡아먹을수록 점점 강해지는 힘센 자들을 중심으로 돌아간다는 것입니다. 자본가들이 약한 자들의 영혼을 돈으로 사고판다면, 정신병원에서는 환자를 통제하면서 얌전한 사람으로 만들어버립니다.

병원 입장에서는 환자가 예전과는 딴 사람이 되어 퇴원하는 것을 치료의 성공이라고 할 수 있습니다. 그러나 완벽한 존재란 콤바인이 만들어낸 로봇에 불과합니다. 회색으로 변한 눈동자는 초점이 하나도 없습니다. 즉, 무기력해져서 당장 어떻게 해야 할지도 알지 못하는 인간이 되어버린 것입니다.

토끼의 영혼

그런데 선동자 타입의 맥머피가 정신병원에 입원하게 됩니다. 그는 교도소의 작업 농장에서 일부러 싸움질을 해서 정신병자란 판결을 받았습니다. 정신병원에 가면 교도소보다 편한 생활을 할 수 있으리라는 기대 때문이었습니다. 그러나 그는 곧 콤바인이라는 거대한 권력에 의해 병원이 비정상적으로 운영되고 있음을 보게 됩니다. 그래서 그는 이런 부당함에 맞서 감정을 폭발시키면서 환자들에게 다음과 같이 말합니다.

토끼라니, 제길! 절대 토끼가 아니라니까.

세상에는 분명 자신보다 힘센 자들이 있습니다. 만약에 당신이 늑대의 영혼이라고 한다면 맞서 싸우겠지요. 하지만 당신이 토끼의 영혼이라고 한다면 얌전히 고개를 숙인 채 싸움을 피하겠지요. 힘들면서도 정작 힘들다고 말하지 못하여 결국에는 토끼의 신세를 면치 못하게 됩니다. 그러고 보니 힘센 자들한테 약해지는 토끼의 영혼은 삶을 속이는 가장 쉬운 변명 같습니다.

⋮

나무와 같은 존재

브롬든은 맥머피가 어떻게 있는 그대로의 모습으로 굉장한 존재가 될 수 있는지 생각했습니다. 굉장한 존재는 '감시와 처벌'이 요구하는 대로 사는 것이 아닙니다. 다시 말하면 콤바인에 굴복하여 그들이 바라는 인간으로 자신의 삶을 변화시키지 않는다는 것입니다. 존 스튜어트 밀(John Stuart Mill)은 『자유론』에서 다음과 같이 말합니다.

> 인간의 삶을 통해 완벽하고 아름답게 만드는 것이 정당화되는 것 가운데 가장 중요한 것은 당연히 인간 자신이다. …… 인간은 모형에 따라 만들어지고 그것에 맡겨진 작업을 정확하게 하도록 설정된 기계와 같은 존재가 아니다. 인간은 자신을 생명체로 만드는 내면적인 힘을 토대로 모든 방향으로 성장을 꿈꾸는 나무와 같은 존재다.

남들이 원하는 대로 살면 별다른 기대감이 없습니다. 자신의 의도와 무관하게 이용당하고 끝내는 무력감 속에서 죽어간다면, 우리는 굉장한 존재가 아니라 한심한 존재가 되고 말 것입니다. 큰 인간이 아닌 작은 인간, 즉 토끼의 신세가 될 것입니다. 우리가 나무와 같은 존재가 되어야 한다는 데 그 밖에 무슨 설명이 필요할까요?

,

인생을 진정 쓸모 있게 사는 방법

서머싯 몸 『면도날』

내가 제안하는 삶이 당신이 생각하는 것보다 얼마나 더 풍성한지 설명할 수 있다면 얼마나 좋을까. 정신적 세계를 추구하는 삶이 얼마나 즐겁고, 얼마나 많은 것을 경험할 수 있는지 당신에게 알려줄 수만 있다면……. 그건 정말 끝없는 즐거움이고, 말로 형언하기 힘든 행복이야. 그것에 비유할 수 있는 것이 하나 있어. 바로 홀로 비행기를 타고 하늘을 날 때의 기분이지. 높디높은 저 위에서, 사방이 온통 무한한 공간뿐인 곳에서 날고 있을 때 말이야. 그럼 끝없는 공간에 취하게 돼. 그때 느끼는 흥분이란, 세상 그 어떤 권력과 영예를 준다 해도 바꾸고 싶지 않지. 얼마 전에 데카르트를 읽었어. 그 평온함, 품격, 명석함이란!

별을 향해 손을 뻗는 사람

세상에는 속물(俗物)의 기질을 가진 사람들이 있습니다. 속물이란 사회적인 신분이나 지위, 그리고 돈 말고는 어떤 것에도 관심이 없는 것을 말합니다. 물질적 풍요로움이 곧 행복이며, 이것을 얻기 위해서는 얼마든지 부끄러움을 모르는 불편한 느낌을 지울 수 있습니다.

서머싯 몸은 『면도날』에서 그러한 속물들의 끈질긴 근성을 '식물학자' 같다고 했습니다. 왜냐하면 진귀한 야생란을 찾기 위해 홍수와 지진과 열병과 적대적인 원주민의 위험도 기꺼이 감수하기 때문입니다. 아마도 그들은 너무나도 노골적인 희망, 즉 살고픈 욕망이 강렬하다고 할 수 있을 것입니다.

하지만 정반대의 방향으로, 데카르트 같은 철학자들의 책을 읽는 사람도 있습니다. 『면도날』에서 래리는 데카르트처럼 정신적 세계를 추구하는 삶이 얼마나 가슴 뛰는 일인지 모른다고 했습니다. 그는 드넓은 정신세계를 여행하면서 자신이 의심하는 것에 대한 대답들을 찾았습니다. 그런 때는 "발끝으로 서서 손을 한껏 뻗으면 별에 닿을 수 있을 것 같은" 흥분을 느꼈습니다. 결코 상식이나 분별력에서 얻어지는 간단한 대답이 아니라 강렬한 자기 확신이 있었습니다. 자기 확신은 수학적인 계산으로 아우성치는 단순한 욕망이 아니라 절박한 욕구였습니다.

⋮

영혼에 대한 배신

만약에 전쟁에서 허망하게 전사한 전우를 보지 않았다면 그는 그렇게까지 사회에서 쓸모없는 존재가 되지 않았을 것입니다. 또한 전쟁이 아니었더라면 이사벨과 아무 걱정 없이 결혼했을 것입니다. 그녀에게 모피 코트를 사주기 위해 남들처럼 적당한 일을 했을 것입니다. 하지만 전쟁에서 돌아온 그는 예전과는 전혀 다른 사람이 되었습니다. 모든 것이 싫었고 아무것도 하고 싶지 않았고 돈에 관심이 없었습니다. 한마디로 현실감각이 전혀 없는 백지상태에 놓여 많은 사람의 기대를 저버렸습니다.

이사벨은 그에게 제발 남자니까 남자다운 일을 하라며, 정말 자기를 사랑한다면 그런 헛된 꿈 때문에 포기하지 말라고 했습니다. 그러자 그는 다음과 같이 말했습니다.

> 안 돼, 그럴 수 없어, 이사벨. 그건 내게 죽음과도 같아. 내 영혼에 대한 배신이야.

그는 인생이란 무엇인가, 삶이란 눈먼 운명의 신이 만들어 내는 비극적인 실수에 불과한 것이 아닌가 하는 현실적으로 별로 쓸모없는 문제를 푸는 데 몇 년이 걸릴지 모른다고 했습니다. 그러자 그녀는 그런 문제들은 수천 년 동안 던져온 질문이고 만일 해답이 있다면 벌써 밝혀졌을 것이라고 했습니다. 그러나 그는 수천 년 동안 그런 질문을 던져왔다는 것은 앞으로도 계속 그 해답을 찾아야 한다는 뜻이라며 만족해했습니다.

또한 그녀는 이러한 고뇌는 뭔가 열심히 일을 해야 하는데도 불구하고 결국 그가 책임을 회피하는 것이라고 호되게 얘기했습니다. 하지만 그는 몇 년쯤 공부를 한다고 해서 그것이 조국에 대한 배신이 되는 것은 아니며, 설령 실패한다 해도 적어도 사업을 하다가 실패한 사람보다 더 궁색하게 살게 되지는 않을 거라고 했습니다.

열정 없는 사랑

한때는 괜찮은 청년이었던 그는 정상적인 어른이 될 수도 있었습니다. 그러나 데카르트와 스피노자를 읽으며 흥분했던 탓에 초라한 인생으로 전락해버렸습니다. 그는 아무것도 하지 않으면서도 지식 그 자체를 열망했습니다. 그러나 쓸모없는 지식을 갈망한다고 해서 멸시당해 마땅한 것은 아닙니다. 화가가 그림을 그리는 일에 만족을 느끼는 것처럼 그는 안다는 것 자체에 만족할 뿐입니다.

그는 그녀 때문에 자신이 원하는 인생을 포기하지 않았습니다. 우리는 인생을 서투르게 항해할 수 있습니다. 이런저런 상황이 뜻대로 돌아가지 않으면, 사람들은 지독하게 괴로워하면서 도저히 극복하지 못할 것처럼 생각합니다. 이럴 때 그들 사이에 대서양이 놓이는 가슴앓이를 하게 되면 어떻게 될까요?

심리학자들은 사랑을 일종의 부수현상(附隨現象)이라고 생각합니다. 의식이 그 자체로 두뇌 작용에 영향을 미치는 게 아니라, 그저 두뇌 작용을 수반하고 두뇌 작용에 의해 결정되는 그 무엇에 불과하다는 것입니다. 의식은 마치 수면에 비친 나무의 그림자처럼 나무 없이는 존재할 수 없지만 나무에게는 아무런 영향도 미치지 못한다는 논리입니다. 그래서 열정 없이 사랑이 존재한다는 것은 말도 안 되는 것입니다.

간혹 열정이 죽은 후에도 사랑이 지속될 수 있다고 하는데 그건 다른 무엇을 사랑으로 착각하는 것입니다. 그것은 사랑을 충실하게 하는 것이지 결코 열정적인 사랑이라고 할 수 없습니

Interior with Young Man Reading
Vilhelm Hammershoi

다. 왜냐하면 열정은 희생을 두려워하지 않기 때문입니다. 열정은 파괴적이기 때문입니다.

⋮

곧은길을 따라 천천히 걷기

그는 아무것도 하지 않는다고 했지만 그것은 겸손한 변명에 불과합니다. 그는 인도 생활을 끝으로 자신이 찾고자 했던 의문에 대한 대답을 찾았습니다. 인도인들에게 행복은 물질이 아니라 정신에 있었습니다. 돈은 그저 성공의 상징에 지나지 않았습니다. 그래서 그는 오랜 방황 끝에서 인간이 세울 수 있는 가장 위대한 이상은 자기완성이라고 생각했습니다. 르네 데카르트는 『방법서설』에서 다음과 같이 말합니다.

> 또 우리가 각각 다른 견해를 갖고 있는 것은 어떤 사람이 다른 사람보다 더 이성적(raisonnables)이어서라기보다는, 서로 다른 길을 따라 생각을 이끌고, 동일한 사물을 고찰하지 않는 것에서 비롯되는 것이다. 왜냐하면 좋은 정신을 지니는 것만으로는 충분치 않으며, 그것을 잘 사용하는 것이 더 중요하기 때문이다. 위대한 영혼의 소유자는 엄청난 덕행을 할 수 있는 반면에 악행도

할 수 있으며, 천천히 걷되 곧은길을 따라가는 사람은 뛰어가되 곧은길에서 벗어나는 사람보다 훨씬 더 먼저 갈 수 있는 것이다.

현실감각이 없다고 하더라도 가슴 뛰는 행복이란 자신이 갈망하는 것이 무엇인지 알면서 그 의문에 대한 대답을 찾는 것입니다. 하지만 식물학자처럼 인생을 살고 싶은 사람들은 쓸모없는 지식을 찾는 데 몇 년이 걸릴지 모른다고 볼멘소리를 합니다. 이럴 때 우리는 쉽게 돈에 집착합니다. 일 분이라도 시간을 절약하려고 하는 실용적인 목적 때문입니다. 그러나 인생을 최대로 쓸모 있게 사는 것은 일 분이라도 정신적인 삶을 사는 것 아닐까요?

,

순수해서
고통받은 여인

토머스 하디 『테스』

울타리에서 잠을 자는 새들 곁을 걷고, 달빛이 교교하게 비친 토끼굴 위에서 뛰노는 토끼 떼를 지켜보고, 꿩들이 휘어지게 내려앉은 나뭇가지 아래 서서, 그녀는 자신을 순수의 세계에 침입한 원죄의 표본이라고 생각했다. 그러나 테스는 아무런 차이가 없는 곳에서 계속 차이를 만들어 붙이고 있었다. 자신을 적대적 입장에 두고 있었으나 실제로 그녀는 조화 속에 있었다. 그녀는 사람들이 받아들인 사회법을 어긴 것이었으나, 그것은 자신이 변칙적인 인간이라고 생각하는 환경에서는 알려지지 않은 법이었다.

벌레 먹은 별

영화 「오프사이드」을 보면 이란에서는 소녀들이 축구를 보는 것이 금기 사항입니다. 이런 성차별에 맞서 소녀들이 축구 경기를 보기 위해 남장(男裝)까지 하게 됩니다. 축구에서 오프사이드는 동전의 양면이라고 할까요. 축구 경기를 박진감 있게 하기 위한 것인데 한편으로는 공격수가 오프사이드에 갇혀버리면 골을 넣을 수 없습니다. 그러니 오프사이드의 틀을 깨야만 골을 넣을 수 있습니다. 영화 「오프사이드」가 말하고 싶었던 것도 성차별에 맞서야만 사람으로 태어난 그 순수한 상태로 살아갈 수 있다는 반전의 카드인 셈입니다.

토머스 하디(Thomas Hardy)의 『테스』에는 별을 바라보면서 자신의 보잘것없고 불쌍하기까지 한 신세를 한탄하는 장면이 나옵니다. 때로는 세상일이라는 것이 단순히 자연 현상이 아니라 보는 사람에 따라 그 자체가 되는 경우도 있습니다. 바람이 강하게 불거나 비가 억세게 내린다고 하면 무섭고 긴장될 수밖에 없습니다. 이런 무서움은 테스가 "싱싱한 별"의 반대쪽, 즉 "벌레 먹은 별"에 살다 보니 돌이킬 수 없는 슬픔이라고 할 수 있습니다. 만약에 그녀가 싱싱한 별에 살았다면 좋은 가문에서 행복하게 살았을 것이고, 일자리를 얻기 위해 가짜 친척 집을 찾아가지 않았을 것이며, 그 가문의 나쁜 아들 알렉에게 순결을 잃지 않았을 것입니다.

:

시로 넘치는 여인

한순간 그녀는 순수한 여인에서 복잡한 여인이 되었습니다. 마음의 상처를 안고 고향으로 돌아온 후 그녀는 과거는 과거일 뿐 그 과거가 무엇이든 이제 자신과는 멀리 떨어져 있다고 여겼습니다. 결과가 어떤 것이든 시간이 잘못을 덮어주리라 믿었습니다. 하지만 도덕적인 슬픔보다는 인습이라는 사회의 따가운 시선 때문에 그녀는 불행한 순례자가 되기로 했습니다. 세상으로부터 숨을 곳을 찾아 그곳에서 이름 없이 사는 것이지요. 그런데 뜻밖에도 에인절을 만나면서 그녀는 새로운 삶을 살 수 있을 거라는 희망을 가지게 됩니다.

그 또한 그녀를 사랑하는 것은 단순한 생의 본능이 아니라 얼마나 흥미로운 일인지 모를 정도였습니다. 그녀는 시(詩)로 넘쳐났으며 시가 현실로 구현된 사람이었지요. 시인이 종이에 쓰는 시를 그 아가씨는 실제 생활에서 실천할 수 있는 사람

,

이라고 생각할 만큼 그녀가 깨워놓은 그의 열정은 너무나 뜨거웠습니다. 그녀가 살아가고 있는 인생이 위대한 사람이 느끼는 인생만큼 중요한 의미를 지녔습니다. 어떻게 그가 그녀를 자신보다 중요하지 않은 존재로 생각할 수 있을까요?

⋮

용서받지 못한 과거

그런데 한 가지, 그녀의 허물이 문제였습니다. 그녀의 몰락한 가문이나 가난에는 그토록 무심했던 그가, 그녀의 과거에 대해서는 악마적인 웃음을 내보이며 용서하지 않았습니다. 가문이나 가난은 어쩔 수 없는 운명이라고 하더라도 순결은 차원이 달랐습니다. 처녀성은 자연적인 원리입니다. 하지만 처녀성을 지켜야 한다는 것, 즉 순결해야 한다는 것은 사람들이 받아들인 사회적인 원리입니다. 그녀는 그가 자신을 사랑한다면 모든 것을 용서하리라는 기대와 양심의 가책으로 과거를 고백했지만, 그는 "괴상망측한 속임수"라며 그녀를 떠나버렸습니다. 훗날 그녀는 그에게 다음과 같이 편지를 씁니다.

우리가 결혼한 이후 생각과 모습 하나하나에서도 자기에게 충실

해야 하는 것이 나의 종교였어요. 내가 미처 깨닫기 전에 누가 나에게 예쁘다는 칭찬만 해도 그것이 당신에게 나쁜 것이라고 생각되었어요. …… 에인절, 난 자기가 사랑하던 그 여자예요. 그래요, 바로 그 여자예요! 자기가 싫어하고 또 미처 볼 수 없었던 여자가 아니에요. 내가 자기를 만났을 때 과거는 무엇이었죠? 그것은 완전히 죽은 것이었어요. 나는 다른 사람이 되어 자기로부터 받은 새로운 인생으로 가득해졌어요. 내가 어떻게 그전의 여자로 계속 살 수 있어요?

어떤 면에서 그녀는 과거를 털어놓지 않아도 되었습니다. 굳이 그녀 자신을 가치 없는 여자로 만들 까닭이 없습니다. 과거는 과거로 끝나거나 숨기면 됩니다. 하지만 그녀는 인생의 무거운 짐을 지닌 채 그를 사랑한다는 게 어려웠습니다. 사랑한다면 과거는 얼마든지 용서받을 수 있으리라 믿었습니다.

그녀의 슬픔과 함께 하다 보면 그녀가 이토록 순수한 사람이라는 데 놀라게 됩니다. 그러면서도 그녀가 정말 이토록 고통받아야만 하는 나쁜 사람이었을까 안타까워집니다. 사랑하는 사람으로부터 지금의 자기 모습이 아닌 다른 여자라는 말을 들어야 하는 심정은 어땠을까요?

Dreaming
Nicolae Vermont

그녀는 죄를 짓지 않았습니다. 그녀가 순결하지 않았다고 해서 남을 속이거나 자신을 변명할 정도로 비도덕적이지는 않았다는 것입니다. 순결이 똑바로 살아야 하는 삶의 직선이라고 한다면 순수는 이러한 절망을 이겨내는 삶의 곡선이라는 것. 어빈 D. 얄롬(Irvin D. Yalom)은 『보다 냉정하게 보다 용기있게』에서 다음과 같이 말했습니다.

> 나의 접근법은 생명이란 무작위적으로 태어난다고 믿는 데 있다. 인간은 유한한 창조물이며 다른 사람의 도움을 간절히 원하고 있음에도 불구하고, 자신이 자신을 보호하고, 자신의 행동을 평가하고, 자신의 인생에 의미를 제공하는 것 이외에는 의지할 것이 없다고 인식하는 것이 실존적인 우주관이다. 인간에게는 미리 정해진 운명이 없으며, 각자가 가능한 대로 충만하게, 행복하게, 의미 있게 사는 방법을 결정하지 않으면 안 된다.

누구나 뜻하지 않게 당하는 일 때문에 아파하고 죄를 짓는 것은 아닐까, 절망하기도 합니다. 여기에서 벗어나기 위해서는 우리의 상처받은 영혼이 몸 밖으로 빠져나가야 합니다. 그녀 말대로 밤에 풀밭에 누워 크고 밝은 별을 똑바로 쳐다봐도 좋을 것 같습니다. 아주 순수하게 인생이 달라지지 않을까요?

,

위험하지만
아름다운 날갯짓

스탕달 『적과 흑』

하지만 난 그런 얘기가 재미있어! 진짜 전쟁, 만 명의 병사를 죽인 나폴레옹의 전쟁에 참전했다는 것은 용기를 증명하는 것이잖아. 위험에 몸을 내맡기는 것은 영혼을 높이는 것이고, 가련한 내 찬미자들이 빠져 있는 권태에서 벗어나는 길이기도 해. 권태라는 것은 전염인가 봐. 그들 중 누구 하나 어떤 비범한 일을 행하려는 사람이 있어? 그들은 그저 나와 결혼할 생각이나 하고 있지. 좋은 사업거리지! 나는 부자고 아버지는 사위를 출세시킬 테니까. 아아! 좀 재미있는 사람을 발견할 수 있다면!

베토벤의 3번 교향곡은 「영웅」입니다. 이 교향곡은 처음에는 베토벤이 나폴레옹에게 영감을 받아 '나폴레옹 보나파르트'라는 제목을 붙였습니다. 하지만 나폴레옹이 스스로 황제가 된 것에 실망한 나머지 '영웅'으로 다시 고쳤다는 일화가 있습니다. 스탕달의 『적과 흑』에 나오는 쥘리엥에게도 나폴레옹은 영웅이었습니다. 그래서 그는 나폴레옹 같은 군인이 되고 싶었습니다. 군인이 된다는 것은 영웅에 대한 찬양인 동시에 그가 출세할 수 있는 수단이었습니다.

그런데 나폴레옹이 몰락하자 그의 출세욕은 사제가 되는 것으로 바뀌었습니다. 단순히 군복(적색)에서 사제복(흑색)으로 옷만 바꿔 입는다고 가능한 것은 아니었습니다. 그는 라틴어로 성경 전체를 암송할 수 재미있는 능력을 가졌으니까요.

그가 이런 능력을 가지게 된 것은 놀라운 기억력 때문이었습니다. 가난한 제재소 집 아들로 태어났으니 집안의 수입이 될 육체노동을 하면 그만이었습니다. 하지만 그는 육체노동에 적합하지 않은 몸이었습니다. 조용할 때는 깊은 생각과 열정을 나타내 보이다가도 성난 순간에는 사나운 표정으로 이글거리는 커다란 검은 눈은 그의 사색적인 태도에 한몫했습니다. 비록 아버지로부터 밥값을 못하는 책버러지라고 꾸지람을 들었지만 그는 책을 위해서라면 자신의 목숨을 바칠 정도의 열정을 지녔습니다. 그는 책을 읽으면서 영혼을 단련시켰고 행복과 위안을 동시에 얻었습니다.

⋮

영혼은 높은 곳에

그는 자기 삶을 혁명할 만큼 대단한 자존심을 지녔습니다. 만약에 자존심을 잘 다스린다면 영웅이 될 수도 있었지만 자존심에 상처를 받게 되면 바보가 되고 마는 성격이었습니다.

부유층의 가정교사를 하면서 비로소 그가 출세하고자 하는 계획이 시작되었습니다. 하지만 현실과 동떨어진 부유층들만의 생각을 경멸하면서도 성직자로서 출세하기를 원하는 모순 때문에 그의 마음은 늘 어두웠습니다. 성직자로서의 소명 의식이나 의무감보다는 오로지 야심밖에 없었습니다. 그렇다고 돈 때문에 그들에게 자신의 영혼을 팔고 싶지는 않았습니다. 부유층을 동경할 수밖에 없는 것은 그의 가난 때문이었을 뿐 그의 영혼은 저 멀리 높은 곳에 있었습니다.

그는 자기의 영혼이 어린아이처럼 되기를 원치 않았습니다. 어린아이에게 행복은 아주 가까이에 있으며 순간적입니다. 어린아이는 모든 것들이 눈앞에 보이면 좋아해 굳이 뭔가를 고민하는 불편함도 없습니다. 그는 비록 신분이 하녀지만 자신을 좋아하는 여자와 결혼할 수도 있었고, 친구와 동업을 하게 되면 가정교사의 몇 배 많은 돈을 벌 수도 있었습니다. 하지만 그는 미래를 위해 그 모든 것을 뿌리쳤습니다. 어린아이처럼 살면서 인생을 허비하고 싶지 않았습니다.

생각해보면 나폴레옹이 되고 싶은 야심 때문에 하루라도 나폴레옹을 생각하지 않고 살아온 날이 없었습니다. 어지간한 시련도 충분히 이겨낼 수 있었습니다. 그러니 나폴레옹이 아닌 나폴레옹의 부하처럼 살아야만 한다면 얼마나 부끄러운 일인가요?

돈으로 살 수 없는 유일한 것

재미! 그에게 이보다 위대한 감정은 없을 것입니다. 앞서 말했듯 그의 재미난 능력은 오락이 아니라 자존심이었습니다. 남들이 사는 방식대로 따라 하는 것이 아니라 비범한 일을 하려고

Setting Sun
Egon Schiele

하는 것입니다.

이런 자존심 때문에 그는 신분의 차이에도 불구하고 마틸드를 사랑에 빠지게 했습니다. 모든 남자들이 훌륭한 사회적 지위를 마련해줄 그녀의 타고난 명성에 불나방처럼 모여들었습니다. 그들의 취향대로 결혼하여 사는 것은 더할 나위 없이 완벽하겠지만 그녀에게는 이 모든 것들이 하품 나는 사랑에 불과했습니다. 그녀는 사랑을 받기보다는 사랑을 하는 행복을 원했습니다. 뭔가 위대한 사랑, 기적이 따르는 사랑 말입니다. 그런데 어떤 경쟁자도 흉내 낼 수 없을 정도로 위험한 그를 발견했습니다.

> 남자를 뛰어나게 만드는 것은 사형 선고뿐이야. 그것만이 돈으로 살 수 없는 유일한 것이거든.

그녀가 사랑을 선택하는 기준은 가슴을 움켜잡을 정도로 냉혹했지만 이보다 정확한 사랑의 실험은 없을 것입니다. 그녀가 그를 사랑하면서부터 권태를 몰랐다는 것은 거짓말이 아닙니다. 사랑을 가문의 지위로 얻는 것은 더러운 행운인데, 하물며 돈으로 얻거나 가슴이 아닌 머리로 하는 사랑은 열정이 메

마른 것이었습니다. 비록 그의 사랑이 출세하고자 하는 야심과 한 몸이라는 질투를 받았더라도 사랑 하나만을 본다면 그는 불덩이 같은 영혼으로 타올랐습니다. 그것은 결코 불장난이 아니었습니다. 무심코 종이 위에 그린 얼굴이 놀라우면서도 기쁘게 사랑하는 사람의 얼굴이 되고 마는 것처럼.

⋮

자기 자신을 원하라

그는 사람들에게 두려움을 주고 싶었습니다. 그런 만큼 두려운 존재가 되어야 했습니다. 돌이켜보면 그의 사전에 무죄는 불가능했습니다. 오로지 사형 선고뿐이었습니다. 그가 이토록 위험하게 살아야만 하는 까닭은 그래야만 자기 삶을 나폴레옹처럼 혁명할 수 있었기 때문입니다. 프리드리히 니체는 『인간적인 너무나 인간적인』에서 다음과 같이 말합니다.

> "자기 자신을 원하라"—활동적이며 성공적인 본성을 가진 사람들은, "너 자신을 알라"는 격언에 따라 행동하는 것이 아니라 자신을 원하라, 그러면 너 자신이 될 것이다라는 명령이 마치 눈앞에 아른거리고 있는 것처럼 행동한다.—운명은 그들에게 항상

선택을 허용해주었던 것처럼 보인다; 반면에 비활동적이며 관조적인 사람들은 삶에 발을 내디뎠던 그 순간 자신들이 한번 선택했던 것이 어떠한 것인지 되새긴다.

나폴레옹을 꿈꾸지 않고 권태롭게 산다는 것은 얼마나 재미없을까요? 진실은 엄격하면서도 정직합니다. 자기 삶의 주인으로 살기 위해서는 사형 선고를 받아야 합니다. 사형 선고를 두려워하지 않을 만큼 자기 자신을 사랑해야 합니다. 자기 보존이 아니라 자기 극복으로 말입니다. 기존의 자신을 죽이는 위험을 무릅쓰지 않고서는 결코 새로운 자기를 탄생시킬 수 없습니다.

Chapter 5

구원 — 흔들리고 헤매며 나아가는 인간

,

행복도 불행도 없이

다자이 오사무 『인간 실격』

비합법. 저는 그것을 어렴풋하게나마 즐겼던 것입니다. 오히려 마음이 편했던 것입니다. 이 세상의 합법이라는 것이 오히려 두려웠고(그것에서는 한없는 강인함이 느껴졌습니다) 그 구조가 불가해해서, 도저히 창문도 없고 뼛속까지 냉기가 스며드는 그 방에 앉아 있을 수가 없어서 바깥이 비합법의 바다라 해도 거기에 뛰어들어 헤엄치다 죽음에 이르는 편이 저한테는 오히려 마음이 편했던 것 같습니다.

⋮ 인간이 되기 위한 스펙

우리는 소위 '스펙'을 쌓기 위해 노력해야 하는 피로한 사회에 살고 있습니다. 스펙은 취업하기 위해 필요한 이런저런 자격을 말합니다. 일을 하기 위해 적절한 자격이 요구되는 것은 마땅합니다. 하지만 불필요한 스펙을 쌓느라 어쩔 수 없이 불필요한 경쟁을 해야만 하는 게 문제입니다. 더구나 불필요한 스펙은 자신의 잠재력과는 아무런 관련이 없습니다. 실제 우리는 대부분 이렇게 자격이라는 간판을 내걸기 위해 살아가고 있습니다. 다른 사람보다 스펙이 하나 더 있으면 그만큼 우월하다고 여기지만, 사실상 이것은 삶의 낭비라고 할 수 있습니다. 그래서 정작 인간이 되기 위한 스펙을 탐색하고 배워볼 기회는 놓치고 맙니다.

그런데 어떻게 하면 인간이 되기 위한 스펙을 쌓을 수 있을까요? 인간으로 태어난 우리에게 인간이 되기 위한 스펙이 따로 있을까 의문스럽지만 다자이 오사무(太宰治)의 『인간 실격』에서 한 가지 방법을 알 수 있습니다. 이 소설의 주인공 요조가 발명한 것인데 바로 희극 명사, 비극 명사 알아맞히기 놀이입니다.

가령, 폐인(廢人)이라는 단어는 희극 명사일까요, 비극 명사일까요? 폐인에게서 느껴지는 삶은 어둡습니다. 그래서 누구나 비극 명사라고 할 것입니다. 하지만 그에게 폐인이라는 단어는 희극 명사였습니다. 그 스스로 폐인처럼 살았기에 폐인이라는 것이 자신의 그림자였기 때문이었습니다. 이렇게 희극 명사인지 비극 명사인지는 겉으로 보이는 것과 다릅니다.

⋮

명랑한 불신

그는 희극 명사, 비극 명사 알아맞히기 놀이를 하면서 자신만의 세계로 나아갔습니다. 이와 비슷한 유희가 또 있었는데 반의어 맞히기입니다. 가령, 검정의 반의어는 하양입니다. 그러나 하양의 반의어는 검정이 아니라 빨강입니다. 그리고 빨강의 반의어는 검정입니다.

그렇다면 죄의 반의어는 뭘까요? 법이라거나 선이라고 한다면 그것은 안이한 생각에 불과합니다. 인간이 멋대로 만들어낸 도덕에 갇혀 있는 것입니다. 도스토옙스키 말대로 '죄와 벌'일 수 있습니다. 하지만 그는 그것마저 아니라고 하며 죄와 벌은 유의어이지 반의어가 아니라고 말합니다. 그가 생각한 죄의 반의어는 다름 아닌 무한한 신뢰였습니다. 이러한 놀이는 그에게 실용적인 괴로움을 잊게 했습니다. 실용적인 괴로움이란 밥만 먹을 수 있으면 해결되는 괴로움입니다.

행복이 아닌 지옥. 그는 세상 사람들과 행복의 개념이 전혀 다를지도 모른다는 불안과 두려움에서 벗어날 수 없었습니다. 그래서 보편적인 생각에서 벗어나면서도 사람들의 눈에 거슬리지 않기 위해 익살을 부렸습니다. 그는 익살을 통해 사람들을 속이면서 뭔가를 깨달았습니다. 즉, 서로를 속이면서 이상하게도 전혀 상처를 입지 않는다는 것, 무엇보다도 서로가 서로를 속이고 있다는 사실조차 알아차리지 못한다는 것입니다.

인간에 대한 공포를 가슴속 깊은 곳에 숨긴 채 천진난만하고 낙천적인 척 가장했던 그는 익살을 통해 무(無), 바람이 되었습니다. 그는 정말이지 명랑한 불신이 인간의 삶에 충만한 것이 의아했습니다. 이것은 익살의 약점이 아니라 강점이었습니다.

⋮ 도깨비 그림

그의 비합법적인 익살을 들여다보면 세상에 대한 불신이 자리잡고 있었습니다. 세상이 얼마나 합법적인지를 생각해볼수록 가장 무섭고 두려운 것이 세상임을 깨닫게 됩니다. 세상은 온통 과학적 미신 혹은 과학적 유령에 사로잡혀 있습니다. 그러니 과학적이지 않은, 즉 비합법적인 존재는 완전히 묵살되기 마련입니다. 이 과정에서 세상은 개인의 잘못을 용서하지 않을 겁니다. 왜냐면 세상은 인간의 복수(複數)이기 때문입니다.

인간의 복수는 그 같은 사람을 용납하지 않습니다. 그는 스스로 말했듯 태어날 때부터 '음지의 존재'였습니다. 음지의 존재는 사람으로 보면 그림이 그려지지 않는 얼굴이며, 동물로 보면 개나 고양이보다 열등한 느릿느릿 꾸물거리기만 하는 두꺼비 같다는 것입니다.

만약에 누군가가 합법적인 세상에서 패배하거나 탈선하면 사람들은 더 이상 세상이 용납하지 않을 거라고 말합니다. 합법적인 세상에서 인간에게 주어지는 자격을 얻으려면 아주 단순하게도 합법적으로 살면 됩니다. 그러나 그는 그럴 수 없었습니다. 오히려 도깨비 같은 세상에 살고 있지는 않은지 고민했습니다. 그는 이름 있는 화가들이 그린 그림을 보면서 다음과 같이 말했습니다.

나도 이런 도깨비 그림을 그리고 싶어.

Self-Portrait
Vincent van Gogh

화가들의 위대한 그림을 보고 도깨비 그림이라고 말하는 것이 정상은 아닙니다. 하지만 달리 생각하면, 즉 인간 실격이라는 측면에서 본다면 그의 과대망상은 인간에 대한 공포를 솔직하게 나타낸 것이라고 할 수 있습니다. 이런 공포 앞에서 그가 일부러 익살을 부렸다면 화가들은 도깨비 그림을 그렸다는 차이가 있을 뿐입니다. 도깨비 그림을 그리고 싶다는 그의 마음 한구석에는 한 번쯤 당당하게 세상과 맞서고 싶다는 절규가 아로새겨져 있었습니다.

⋮

행복도 불행도 없이

세상이 인간의 복수라는 말은 그에게는 맞지 않습니다. 오히려 세상이란 개인과 개인 간의 투쟁이고, 일시적인 투쟁이며 그때만 이기면 되는 것이었습니다. 만약에 실패가 두려워 움츠러든다면 스물일곱 살임에도 불구하고 마흔 살 이상으로 보이게 되는, 정말이지 인간 실격이 되고 말 것입니다.

마르쿠스 아우렐리우스는 『명상록』에서 다음과 같이 말했습니다.

아, 나의 영혼아! 너는 너 자신을 너무도 학대하는구나. 머지않아 너 자신에게 정당한 처사를 베풀 시간도 사라지리라. 인간의 목숨, 두 번 오지 않는 것. 그것마저 이미 종말로 다가오고 있지 않은가! 그런데도 당신은 자신의 영광에는 외면하고 자신의 행복을 남의 영혼의 말에 위탁하고 있다니!

그는 사람들의 숨 막히는 고통에서 벗어나고 싶어 했고 좀 더 아름답고 솔직한 세상을 바랐지만, 세상은 그를 인간 실격으로 만들고 말았습니다. 정작 그는 한순간도 미친 적이 없었는데 말입니다. 그럼, 누가 인간 실격일까요? 인간에 대해 희극 명사라고 하는 사람일까요? 아니면 비극 명사라고 하는 사람일까요? 비극적인 삶을 보내고 있다면 눈을 들어 별들을 보세요. 모든 것은 행복도 불행도 없이 지나가는 것입니다. 인간과 별은 희극 명사이지 않을까요?

,

혁명의 소용돌이 속 고뇌하는 인간

앙드레 말로 『정복자들』

그가 인생에 부여하는 의미가 바로 이런 생각에 달려 있으며 그의 의지가 부조리라는 뿌리 깊은 강렬한 감정에서 비롯됨을 나는 잘 안다. 만일 세상이 부조리하지 않다면 그의 인생 전체는 인생의 근본적인 덧없음(따지고 보면 그를 열광케 하는) 때문이 아니라 그 어떤 희망도 찾을 길이 없다는 허망함 때문에 산산이 흩어져 버릴 것이다.

자기가 하고 싶은 것을 하며 사는 일은 매우 의미가 남다릅니다. 자기 인생을 망가트리거나 혹은 망가지는 것은 어쩌면 죽음보다 더 두려울 것입니다. 세상이 올바르지 못해서 자기 인생을 잃어버려야만 오히려 제대로 살 수 있다면, 자기 결정력을 갖는데 커다란 걸림돌이 될 것입니다. 이럴 때 부조리한 세상에 걸려 넘어지지 않을 최선의 방법을 고민하게 됩니다.

제대로 적응하지 못할 바에는 차라리 앙드레 말로(André Malraux)의 『정복자들』에 나오는 가린처럼 정복자가 되는 것도 한 가지 방법이 아닐까 싶습니다. 정복자는 무력을 불사하고 투쟁하여 강력한 영향력을 행사하고 결국 원하는 바를 쟁취하기 때문입니다.

정복자 나폴레옹! 그 이름은 사람의 마음을 충분히 사로잡을 만큼 매력적입니다. 나폴레옹은 정복을 위해 온 인생을 걸었습니다. 이렇듯 정복을 계속 갈망하며 사는 사람이 과연 몇 명이나 있을까요? 흔히 야심은 자신의 삶을 새로이 만드는 연금술에 꼭 필요한 현자의 돌과 같다고 합니다. 하지만 야심은 어떤 구체적인 행동이 없을 때는 진정한 의미를 찾을 수 없다는 게 문제입니다. 야심보다는 정복을 갈망하는 것이 자기 삶을 얻는 데 있어 좀 더 끈질기고 흔들리지 않는 욕구라고 할 수 있겠습니다. 그래서 나폴레옹을 영웅으로 만드는 것은 영혼이 아니라 정복이라고 할 수 있습니다.

혁명가와 모험가

무정부라는 말은 정부가 존재하지 않는 것이 아니라 힘이 없는 것을 말합니다. 그러니 무정부 시대에 사는 많은 사람들은 국가를 위해 일하면서도 정작 국가로부터 아무런 보호를 받지 못했다는 증오심이 없을 수가 없습니다. 그래서 정복자들에게 혁명이 꼭 필요합니다. 혁명은 증오하는 사람들을 만들고 길러냅니다. 정복자들 중에서 '행동하는 유형', 즉 직업적 혁명가들은 현실적으로 혁명으로 잔뼈가 굵어 사람들에게 정치적 의식을 일깨워줍니다. 그런가 하면 '필요하다면 행동할 수 있는 유형', 즉 모험가들은 사람들로 하여금 자신들이 중요한 존재임을 깨닫고 각자의 삶을 믿게 해줍니다.

모험가였던 가린은 너무나 많은 사람들이 고통당하는 것을 보며 마음속 깊이 동정심을 느꼈습니다. 정치적 의식은 다소 모호했지만 사람들에게 혁명이라는 강력한 힘을 나눠주고 싶었습니다. 만약 고통당하는 사람들에게 혁명이 없다고 한다면 잃어버린 삶을 되찾을 수 있는 방법은 없었습니다. 고통은 삶을 단단하게 할 뿐만 아니라 희망과 절망의 문제이기도 합니다. 하지만 그는 고통이 삶을 공격하지 않는다고 하면서 오히려 고통은 삶을 웃음거리밖에 안 되는 것으로 만들어버린다고 했습니다. 결국 삶은 고통으로 더욱더 부조리할 수밖에 없게 된다는 것입니다.

⋮ 정치를 넘어 영혼을 울려야 한다

행복하게 살기 위해서는 고통이 없어야 하겠지만, 단순히 고통이 없는 것만으로는 삶이 행복해질 수 없습니다. 행복은 저절로 주어지지 않기 때문에 어떤 목적을 가지고 만들어내야 합니다. 그는 삶의 부조리에서 자신만의 리듬을 발견하게 되는데, 바로 제국주의에 맞서는 혁명이었습니다. 대의라는 가치에 대한 환상도 있었지만 혁명은 그에게 숙명이었습니다. 무엇보다도 혁명이란 결과가 즉각적이지 않고 늘 변화무쌍하기 때문에 그는 도박꾼과 같은 마음으로 투신했습니다. 고집스레 온 힘을 다해

The Little Tea Party: Nina Hamnett and Roald Kristian
Walter Sickert

서 노름만 생각하는 도박꾼처럼 말입니다. 혁명이 노름과 다른 점이 있다면 훨씬 판이 큰 도박이라는 것입니다.

혁명을 하기 위해서는 노선이 있어야 합니다. 그런데 그는 공산주의자 혹은 현실주의자라고 불릴 만한 노선이 없었습니다. 노선이 없다는 것은 결국 쿠데타나 항명 선언에 불과합니다. 정복자들에게 부르주아지가 상징하는 부정적인 생각에 대한 증오심은 선명했습니다. 증오심은 보통 광적인 열정을 불러일으킵니다. 하지만 그는 너무나 인간적이었기 때문에 개인주의자로 냉대를 받았습니다. 이런 냉대를 오래 받다 보면 스스로도 문제가 있다고 생각하기 마련인데 그는 그렇지 않았습니다. 반면에 비참한 세상에서 오직 현재에만 집착하는 달콤한 악마에 빠지는 것도 달가워하지 않았습니다. 마치 희망이 전혀 없는 폐병 환자 같은 현실주의자들을 보면서 그는 다음과 같이 말합니다.

> 익숙하지 않아서야. 비참함도 적당해야 인간적으로 기억되지. 마치 죽음에 대한 생각처럼 말이야…….

대부분의 정복자들은 과연 피 한 방울 흘리지 않고 세상을 손에 쥐는 것이 가능한가를 의심합니다. 그러니 투쟁은 불가피한 선택입니다. 하지만 폭력적인 방법을 사용하거나 전투를 하지 않아도 얼마든지 정의를 실현할 수 있습니다. 그것은 정치를 넘어서 인간 영혼을 울려야 가능합니다.

⋮

인생은 거대한 삼각형

죽음에 가까워질수록 삶은 분명해지고 자기 삶을 더욱 냉철하게 바라보게 됩니다. 그는 혁명에 모든 것을 걸었습니다. 삶의 부조리에 맞서 투쟁했고 마침내 혁명에서 승리했지만, 이제는 권력이라는 부조리한 힘에 끌려다니며 다시 인생의 허망함을 느끼게 됩니다. 클레이본 카슨(Clayborne Carson)이 엮은 마틴 루터 킹의 자서전『나에게는 꿈이 있습니다』에서 마틴 루터 킹은 다음과 같이 말했습니다.

> 인생은 거대한 삼각형입니다. 한쪽 각에는 개인 자신이 서 있고 다른 한쪽 각에는 다른 사람이 서 있으며 맨 위쪽에 위치한 각에는 신이 서 있습니다. 이 세 가지가 적절히 연결되고 조화되지 못한 인생은 불완전한 인생입니다.

인생보다 가치 있는 것은 없습니다. 정복자들이 단순히 사람들을 감동시키는 데 그쳐서는 곤란합니다. 그보다는 사람들을 변화시켜야 합니다. 그럴 때 꿈은 인간적이 될 것입니다. 신을 향한 진실한 마음으로도 구원받을 수 있겠지만, 우리에게 중요한 것은 거대한 삼각형의 세 각이 조화를 이루는 것이 아닐까요?

,

철저하게 살아야
모든 것을 정복한다

어니스트 헤밍웨이 『태양은 다시 떠오른다』

삶을 즐긴다는 것은 지불한 값어치만큼 얻어내는 것을 배우는 것이고, 그것을 얻었을 때 얻었다는 것을 아는 것이다. 누구든지 돈을 지불한 값어치만큼은 손에 넣을 수 있을 것이다. 이 세상은 무언가를 구입하기에 좋은 곳이다. …… 그러나 어쩌면 그것도 진실은 아닐지 모른다. 아마 살아가면서 무언가를 배우는 것일 것이다. 나는 그것이 무엇이든 아랑곳하지 않았다. 내가 알고 싶은 것은, 이 세상에서 어떻게 살아가느냐 하는 것이다. 만약 이 세상에서 어떻게 살아나갈 것인가를 알아낸다면, 그것이 무엇인지는 자연히 알게 되리라.

여행! 가끔 일상에서 벗어나 어디론가 탈출하고 싶은 마음의 재테크입니다. 낯선 곳에서 아름다운 경치를 보면 어느 정도는 허허로운 마음을 위로할 수 있을 것입니다.

하지만 우리는 여행하면서 삶의 두근거림뿐만 아니라 절박함도 깨닫게 됩니다. 여행의 목적이 단순히 보는 즐거움에만 있다고 하면 금방 지루해지겠지요. 그래서 아름다운 경치보다 삶의 활력을 찾고자 하는 열망이 진짜 여행의 목적이라고 할 수 있습니다. 답답한 일상이 제거된 각성된 눈에 보이는 진실에 따라 어떻게 살아나갈 것인가를 알게 되고, 마침내 삶의 절실함을 끄집어내게 되는 너무나 아름다운 열망.

어니스트 헤밍웨이의 『태양은 다시 떠오른다』에 나오는 신문 일에 종사하고 있는 제이크를 알게 되면서 우리도 그와 함께 여름마다 스페인에 가야 할지 모릅니다. 비록 그만큼 '아파시오나도(투우에 열정을 보이는 사람)'는 아니더라도 지금 이 순간이 아니라면 결코 볼 수 없는 투우를 구경하기 위해서입니다. 그는 무엇보다도 투우사에게 큰 흥미를 가졌는데 이유인즉 투우사야말로 자신의 삶을 철저하게 사는 사람이기 때문입니다. 삶은 빠르게 지나가기 때문에 철저하게 살아야 합니다. 황소와 싸우는 것은 비정상적이겠지만, 삶과 죽음의 경계에서 최후의 일격을 가하는 투우사를 보면서 그는 진실한 감동을 받았습니다.

얻을 수 없는 것을 갖고 싶은 욕망

그는 젊은 투우사 로메로를 좋아했는데 이제까지 로메로처럼 품위 있는 투우사를 본 적이 없었기 때문입니다.

로메로는 상업적인 투우사들과는 달리 모범적인 투우사였습니다. 상업적인 투우사들은 몸을 뒤틀며 황소의 뿔이 지나가고 난 뒤 황소 옆구리에 기대는 위험스러운 동작을 하면서 가짜 감동을 연출합니다. 하지만 로메로는 자신을 최대한 위험에 노출하면서 정말 뿔이 아슬아슬하게 지나가게 했습니다. 그렇게 하면서 황소에게 그가 도저히 잡을 수 없는 적수임을 깨닫게 하여 지치게 만들었던 것입니다. 그는 로메로를 보면서 '인생에서 절실하게 하고 싶은 것을 어떻게 해야 하는가'라는 질문에 비로소 답을 찾았다고 할 수 있습니다.

이런 로메로를 좋아하는 또 한 사람이 있었는데 그의 옛

애인이었던 브렛이었습니다. 그녀에게 투우는 중요하지 않았습니다. 젊은 투우사에게 마음을 빼앗긴 그녀는 스스로를 성격파탄자라고 할 만큼 얻을 수 없는 것을 갖고 싶은 욕망을 주체할 수 없었습니다. 그녀는 전쟁 중에 애슐리와 결혼했지만 그가 이질에 걸려 죽자 돈 많은 마이크 캠벨과 결혼할 예정이었습니다. 사랑하지도 않는 사람과 결혼을 할 수 있을지는 문제가 되지 않았습니다. 로메로라는 청년을 좋아하는 것은 옳은 일이 아니었지만 그녀가 로메로와 함께 도망가면서 그것은 옳은 일이 되고 말았습니다.

⋮

사랑의 상처

하지만 그녀가 옳다고 믿었던 사랑의 도피는 끝내 그녀에게 부끄러운 상처를 남겼습니다. 로메로가 그녀와 결혼하고 싶어 하는 것은 사실이었으나 그녀가 좀 더 여자답게 보일 때만 가능했습니다. 멋진 옷을 입어야 한다거나 머리를 길게 길러야 한다는 것이 중요한 가치는 아니라는 사실을 알면서도, 남들 앞에서는 항상 외모에 신경을 써야만 했습니다. 그것도 그녀 자신이 꼭 필요해서가 아니라 젊은 투우사를 위해서 하는 것이라면 그들의 사랑의 감정은 비슷하지 않았다고 할 수 있습니다.

마침내 그녀는 로메로와 함께 살아서는 안 된다는 것을 깨닫고는 떠났습니다. 그러고는 다시 그에게 돌아오면서 다음과 같이 말했습니다.

> 화냥년이 되지 않기로 결심하니 기분이 아주 좋아. …… 그게 우리가 하느님 대신 믿는 거지.

그토록 성격파탄자였던 그녀가 서른넷에 깨달은 것은 상처받지 않을 만큼만 사랑해야 한다는 것이었습니다. 언젠가 떠날 수밖에 없는 누군가를 계속 사랑한다는 것은 불확실합니다. 그런 만큼 그녀의 방식대로 사랑하게 되고, 이런 사랑에 지친 나머지 계속해서 사랑을 의심할 수밖에 없게 됩니다. 비록 사랑하기 때문에 어쩔 수 없이 생긴 상처라고 하더라도, 사랑을 하기도 전에 감당할 수 없는 부끄러움을 느끼게 된다면 누구라도 사랑으로부터 도망치고 싶을 것입니다. 더 많이 사랑한 사람이 더 많이 아플 수밖에 없습니다.

Sunrise
Tom Roberts

사랑의 불청객이 되는 창피를 겪은 후, 놀랍게도 그녀는 쾌락적이고 찰나적인 삶을 버리기로 했습니다. 그녀 또한 그가 말한 것처럼 투우를 보면서 철저하게 살아야 한다는 것을 뒤늦게 깨달은 걸까요? 버트런드 러셀은 『행복의 정복』에서 다음과 같이 말합니다.

> 근본적인 행복은 무엇보다 인간과 사물에 대한 따뜻한 관심에서 비롯된다. 인간에 대한 따뜻한 관심은 사랑의 일종이다. 그것은 다른 사람을 지배하고 소유하기를 원하며 언제나 명확한 반응이 되돌아오기를 바라는 사랑과는 전혀 다르다. 행복을 가져오는 사랑은 다른 사람들을 관찰하기를 좋아하고 개인들의 특성 속에서 기쁨을 느끼는 사랑이며 만나는 사람들을 지배하려 하거나 열광적인 찬사를 받아내려고 하는 대신 그들의 관심과 기쁨의 폭을 넓혀주려고 하는 사랑이다.

하느님을 믿었다면 종교의 효험이라고 하겠지만 그녀는 하느님을 믿지 않았습니다. 하느님보다는 사랑을 믿었습니다.

사랑이 모든 것을 정복할 것이니까요. 하지만 끈기 있게 들러붙는 좋아하는 감정만으로는 불가능합니다. 삶과 죽음에 보다 가까이 다가갈 때 사랑은 철저해집니다. 누구나 자기 사랑에 철저할 때, 가장 아름답고도 빛나게 태양이 다시 떠오르는 것처럼 모든 것을 정복하게 될 것입니다.

,

그래야만 한다!

밀란 쿤데라 『참을 수 없는 존재의 가벼움』

우리 인생의 매 순간이 무한히 반복되어야만 한다면, 우리는 예수 그리스도가 십자가에 못 박혔듯 영원성에 못 박힌 꼴이 될 것이다. 이런 발상은 잔혹하다. 영원한 회귀의 세상에서는 몸짓 하나하나가 견딜 수 없는 책임의 짐을 떠맡는다. 바로 그 때문에 니체는 영원회귀의 사상은 가장 무거운 짐(das schwerste Gewicht)이라고 말했던 것이다.

영원한 회귀가 가장 무거운 짐이라면, 이를 배경으로 거느린 우리 삶은 찬란한 가벼움 속에서 그 자태를 드러낸다.

그러나 묵직함은 진정 끔찍하고, 가벼움은 아름다울까?

삶이 한 번으로 끝나는 것일까요? 아니면 다시 반복되는 것일까요? 오늘 해가 지면 달이 뜨고 내일도 그럴 것입니다. 하지만 삶은 한 번 지나가면 다시는 돌아오지 않습니다. 자신을 지나쳐 가는 순간들은 있겠지만 이미 지나버린 시간에 대해 몇 번을 불러봐도 아무런 대답을 들을 수 없습니다. 인생은 한 번뿐이라는 오래된 믿음.

그러나 밀란 쿤데라(Milan Kundera)의 『참을 수 없는 존재의 가벼움』에서 토마시는 한 번은 중요하지 않다고 합니다. 이유인즉 한 번뿐인 것은 전혀 없었던 것과 같으며, 한 번만 산다는 것은 전혀 살지 않는다는 것과 마찬가지이기 때문입니다.

존재의 가벼움을 생각할 때마다 오늘은 오늘일 뿐 내일이 되지 못합니다. 이와는 달리 존재의 무거움은 오늘은 오늘뿐만 아니라 내일도 됩니다. 이러한 고민 때문에 아틀라스는 그의 어깨에 하늘의 천장을 메고 있듯 자신의 운명을 짊어지며, 베토벤의 영웅은 형이상학적인 무게를 들어 올리는 역도 선수라고 할 수 있습니다. 일찍이 파르메니데스가 가벼운 것이 긍정적이고 무거운 것이 부정적이라고 했다면, 베토벤은 무거운 것을 긍정적이라고 간주했습니다. 존재가 가볍다고 하면 자유로운 영혼이 되겠지만 이로 인해 반쯤만 현실적으로 살게 되지 않을까요?

에로틱한 우정

인간의 삶이 마치 악보처럼 구성된다고 하면 그에게 베토벤의 현악 4중주는 일종의 암시였습니다. 베토벤은 이 곡에 신중하게 내린 결정이라고 하면서 '그래야만 하는가?', '그래야만 한다! 그래야만 한다!'라는 말을 써두었습니다. 그 또한 어떤 결정을 신중하게 내릴 때마다 운명의 목소리와 결부된 것처럼 '그래야만 하는가?', '그래야만 한다! 그래야만 한다!'를 반복하며 자신의 삶을 작곡했습니다. 그것은 무거움만이 가치 있다는 것이었습니다. 뒤돌아보면 인생이란 이런 무거움과의 전쟁에서 이기고 지는 것인지 모릅니다. 그래서 우리는 존재의 가벼움을 참을 수 없다는 것에 쉽게 상처를 받습니다.

그런데 그는 아주 우연히 테레사를 만나면서 사랑이 얼마든지 달라질 수도 있다는 것을 깨닫게 됩니다. 그가 앞날이 창창한 의사였다면 그녀는 별 볼 일 없는 여자였습니다. 그들이 꼭 사랑을 해야 한다는 필연성은 없었습니다. 그의 '에로틱한 우정'의 불문율에 따르면 사랑은 아주 가벼운 것, 즉 전혀 무게가 나가지 않는 것입니다. 그는 사랑의 부적격자라는 생각에 끊임없이 여자를 갈망하면서도 두려워했습니다. 그래서 그는 두려움과 갈망 사이에서 에로틱한 우정이라는 타협점을 찾았습니다. 누구도 상대방의 인생과 자유에 대한 독점권을 내세우지 않는, 감상이 배제된 관계만이 행복하기 때문입니다.

동정심이라는 병

우연한 사랑에 지나지 않겠지 했는데 정작 그가 동정심이라는 병을 앓게 될 줄은 몰랐습니다. 동정심이란 타인의 고통을 차가운 심장으로 바라볼 수 없는 것입니다. 그럼에도 고통을 함께 나눈다고 해서 누군가를 사랑한다는 것은 진정으로 사랑하는 것이 아닙니다. 무엇보다도 동정심은 고통뿐만 아니라 행복, 고민과 같은 다른 모든 감정도 함께 느껴야 비로소 비밀스러운 힘으로 작용하게 됩니다. 사랑이 닫혀 있을 때는 그것을 못 느끼지만 사랑을 하게 되면 존재의 깊은 곳에서 자연스럽게 나옵니다. 이로 인해 여러 가지 감정 중에서도 동정심은 가장 최상

Torso
Kazimir Malevich

의 감정으로 삶을 충만하게 합니다.

누군가를 사랑하면서 하루하루를 천국처럼 사는 것은 아름답습니다. 그러나 그 아름다움 너머 피곤함을 피할 수 없습니다. 상대를 위로하고 용기를 주고 때로는 사랑한다는 것을 끊임없이 보여줘야 합니다. 그럴수록 우리 스스로 사랑을 견딜 수 없게 됩니다. 동정심이 최상의 감정이라고 하더라도 그 중압감이 두려운 나머지, 세상에서 가장 무거운 짐이라는 생각에 마음이 흔들리게 됩니다.

그녀와의 사랑이 분명 아름다웠지만 피곤했던 그는 파르메니데스의 마술적 공간 속에 들어가 가벼움이라는 존재의 달콤함을 원했습니다. 그러나 그는 다시 한 번 동정심에 이끌려 7년 동안 그녀와 사랑을 하게 됩니다.

⋮

그래야만 한다

사랑이 가볍다고 해서 '그래야만 한다'는 까닭이 되지 못하는 것은 아닙니다. 반대로 사랑이 무겁다고 해서 '그래야만 한다'는 까닭이 되는 것도 아닙니다. 사랑이 가볍거나 무겁거나 우리의 영혼과 육체는 사랑의 흐름에 저항하지 않고 꼭 그래야만 한다고 말해야 합니다.

그녀가 처음 그의 집에 들어선 운명적인 날은 어땠나요? 난감하게도 그녀의 배에서 '꾸르륵' 소리가 났습니다. 그녀는 몹시 부끄러워 거의 울기 직전이었습니다. 그럼에도 그는 기꺼이 그녀를 껴안아주었습니다. 사랑을 의심하거나 저울질하는 것은 우리가 사랑받기를 원하기 때문입니다. 그래서 아무런 이해관계가 없는 사랑은 '그래야만 한다'는 경이로운 신비가 숨겨져 있지 않을까요? 가슴 뛰는 진실, 그것은 바로 사랑은 우리의 자유라는 것입니다.

,

난폭한 운명의 화살 앞에 선 인간

윌리엄 셰익스피어 『햄릿』

인간이란 참으로 걸작이 아닌가. 이성은 얼마나 고귀하고 능력은 얼마나 무한하며, 생김새와 움직임은 얼마나 깔끔하고 놀라우며, 행동은 얼마나 천사 같고 이해력은 얼마나 신 같은가. 이 세상의 꽃이고 동물들의 귀감이지 — 그렇지만 내겐 이 무슨 흙 중의 흙이란 말인가? 난 인간이 즐겁지 않아.

⋮ 돈키호테형 인간과 햄릿형 인간

러시아 작가 투르게네프는 인간을 돈키호테형 인간과 햄릿형 인간으로 나눴습니다. 돈키호테형 인간은 현실감각이 없이 엉뚱한 방향으로 밀어붙입니다. 이런 저돌적인 행동에도 불구하고 "위대하신 여러분. 장차 이룩할 수 있는 세상을 꿈꾸는 내가 미친 거요, 세상을 있는 그대로만 바라보는 사람들이 미친 거요"라는 돈키호테의 외침은 거대한 현실 앞에서도 여전히 도전할 용기를 불러일으킵니다. 반면에 햄릿형 인간은 생각이 많고 우유부단해서 쉽게 결정을 내리지 못합니다. 이로 인해 무엇을 해야 할지 모르고 고민만 하는 소위 '결정 장애'를 햄릿증후군이라고 부릅니다.

『햄릿』을 보면 그 결정이란 복수에 대한 것입니다. 어떤 사람이든지 깊은 상처를 받게 되면 그 반발력으로 인해 복수를 하기 마련입니다. 그는 삼촌이 자신의 아버지를 죽인 것도 모자라 자신의 어머니와 결혼까지 한 현실의 고통을 받아들일 힘이 없었습니다. 더구나 살인의 원수를 갚아달라는 아버지 유령의 말을 들은 그는 복수하지 않을 까닭이 없었습니다.

그래서 그는 유령과 복수를 약속하며 악당이 되기로 했습니다. 지옥이 아니고서는 이런 일이 일어날 수 없었습니다. 왕비는 이제 더 이상 그의 어머니가 아니라 최고로 악독한 여자에 불과했습니다. 남편이 죽은 지 한 달도 못 되어 숙부와 결혼한 어머니에 대한 원망으로 "약한 자여, 그대 이름은 여자로다"라고 하며 미워했습니다.

그랬던 그가 놀랍게도 복수의 칼날을 접었습니다. 복수할 명분과 의지, 힘과 수단이 있었음에도 말입니다. 대신에 그는 연극을 통해 아버지를 살해한 숙부의 양심을 심판하고자 했습니다. 죄지은 인간들이 연극을 보고 있을 때 그 극적인 표현이 너무나 교묘하여 영혼을 때림에, 즉각 자신의 죄를 드러낼 것이기 때문입니다.

그는 어떻게 가슴속에 큰 상처를 갖고도 복수를 단념할 수 있었을까요? 돌이켜보면 그의 생각은 절반만이 지혜로울 뿐 나머지는 비겁하게 여겨집니다. 그는 불행을 견디지 못한다면 양심 때문에 비겁자가 된다고 했습니다. 뿐만 아니라 결심의 붉은 빛은 창백한 생각으로 병들어버리고, 천하의 웅대한 계획도 흐

The Swamp
Gustav Klimt

름이 끊기면서 행동이란 이름을 잃어버린다고 했습니다. 그래서 더 이상 견딜 수 없는 고통과 치욕으로 마비된 삶에서 솟아오르는 양심에 따라 그가 이것저것 고민하지 않고 복수하는 것은 최소한 정당하다고 보입니다.

⋮ 존재할 것이냐, 말 것이냐

우리는 자면서도 꿈꾸는 존재입니다. 그렇다고 해서 결코 죽을 수 없다는 것은 아닙니다. 꿈을 꾸는 동안에도 우리의 머릿속에서는 온갖 생각들이 펼쳐집니다. 꿈속에서 삶의 고민에 대해 묻고 답을 찾으려고 합니다. 어쩌면 불행이 쉽사리 사라지지 않는 이유는 상처의 후유증보다는 고민 그 자체에 있는지 모릅니다. 사랑도 야망도 아니었습니다. 세상의 모든 아름다운 것들이 그저 더럽고 병균이 우글거리는 증기의 집합체로밖에 보이지 않는 악몽뿐이었습니다. 그가 난폭한 운명 앞에서 다음과 같이 고민하게 된 이유가 여기에 있습니다.

> 존재할 것이냐, 말 것이냐, 그것이 문제다.
>
> 어느 게 더 고귀한가? 난폭한 운명의

돌팔매와 화살을 맘속으로 맞는 건가
아니면 무기 들고 고난의 바다와 맞서다가
끝장을 보는 건가?

존재할 것이냐 말 것이냐, 죽느냐 사느냐의 문제! 이 세상을 사는 데 우리에게 이보다 더 중대한 선택은 없을 것입니다. 우리가 인간인 이상 삶과 죽음은 서로 떨어질 수 없는 관계입니다. 삶이 전부라고 믿을 때 죽음은 결코 따뜻하거나 위안을 주는 것이 아닙니다. 무서울 만큼 외롭고 쓸쓸해 보입니다. 하지만 삶을 떠받치는 죽음이 있기 때문에 우리는 살고 있는 것입니다. 만약에 우리가 동물과 다를 바 없다면, 즉 오로지 먹고 자는 것으로 시간을 보낸다면, 죽는다고 했을 때 잠 한 번으로 모든 것이 끝날 것이며 모든 것은 그렇게 잊힐 것입니다. 이것이야말로 걱정 없이 사는 동물들의 팔자입니다.

불행에 지혜가 더해질 때

그러면 온갖 운명과 위험에 놓였을 때 진정으로 위대함은 무엇일까요? 장 자크 루소(Jean-Jacques Rousseau)는 『고독한 산책자의 몽상』에서 다음과 같이 말했습니다.

> 인간이 처한 어떤 상황 속에서 그토록 불행한 것은 오직 그들 자신 때문이다. 우리가 침묵을 지키고 이성이 말하도록 내버려두면 이성은 우리가 어찌할 수 없는 모든 불행을 위로해준다. 그 불행들이 직접적인 영향을 미치지 않는 한 이성은 그것들을 없애주기까지 한다. 왜냐하면 불행의 가장 비통한 상처는 생각하지 않음으로써 그것에서 벗어날 수 있다고 믿기 때문이다.

햄릿은, 진정으로 위대함은 어떤 명분이 있고서야 행동하는 게 아니라, 명예가 걸렸을 땐 지푸라기 하나를 위해서도 싸우는 것이라고 했습니다. 불행 속으로 뛰어들 수 있어야 합니다. 하지만 불행을 치유하기 위해서는 지푸라기 하나에도 큰 믿음을 가져야 합니다. 또한 그것을 견디기 위해서는 매번 심사숙고해야 합니다. 불행에 지혜가 더해질 때 우리는 이 세상에서 위대한 걸작품이 될 수 있을 것입니다.

,

구원은 어떻게 오는가

요한 볼프강 폰 괴테 『파우스트』

그렇다! 이 뜻을 위해 나는 모든 걸 바치겠다.

지혜의 마지막 결론은 이렇다.

자유도 생명도 날마다 싸워서 얻는 자만이

그것을 누릴 자격이 있는 것이다.

예술은 길고 인생은 짧다고 했습니다. 짧은 인생이다 보니 어느 한때에 대한 안타까움이 맴돕니다. 만약에 인생이 길고 예술이 짧으면 어떻게 될까요? 굳이 방황하지 않아도 될 것입니다. 방황을 이성(理性)의 활동이라고 한다면 방황하지 않는 것은 동물처럼 사는 것입니다.

괴테(Johann Wolfgang von Goethe)는『파우스트』에서 이런 인간들을 메뚜기라고 조롱합니다. 메뚜기들은 늘 풀숲에 처박혀 케케묵은 옛 노래나 불러대며, 거름더미를 보기만 하면 코를 쑤셔 박는다고 불평했습니다. 하지만 인간은 노력하고 놀랍게도 노력하는 만큼 방황합니다. 착한 인간은 비록 어두운 충동 속에서도 무엇이 올바른 길인지 잘 알기 때문입니다.

주님과 메피스토펠레스는 파우스트가 착한 인간인지 아니면 메뚜기인지 내기를 했습니다. 그는 온갖 노력을 다해 공부했음에도 불구하고 자신이 전보다 똑똑해진 것은 하나도 없는 가련한 바보라고 여겼습니다. 석사니 박사니 그저 허울 좋은 이름을 들었지만 그 대신에 모든 즐거움이 사라져버렸습니다. 더구나 올바른 것을 알았다는 자부심도 없었습니다. 오로지 말(言)

의 소매상에 지나지 않았을 뿐. 그는 온갖 지식의 안개에서 벗어나고자 했습니다. 지식이 회색빛이라면 인생은 푸른 생명의 나무이기 때문입니다.

새롭고 찬란한 삶에 대한 갈망

그런데 항상 부정(不正)을 일삼는 메피스토펠레스가 절망의 늪에 빠진 그를 구원해주었습니다. 메피스토펠레스는 독수리처럼 가슴을 쪼아대는 고뇌에 시달리던 그를 넓고 넓은 세상으로 유혹했습니다. 그 세상에서는 어떤 인간도 구경하지 못한 관능적 쾌락을 얻을 수 있었습니다. 그래서 그는 메피스토펠레스와 계약을 맺으면서 지식의 안개라는 답답함에서 벗어나고자 했습니다. 이 책 저 책을 읽으며 천국에 이르는 정신의 즐거움이 아니라 어떤 고통을 감수하더라도 자신에게 주어진 새롭고 찬란한 삶을 경험하고 싶었습니다.

하지만 노인의 무거운 몸으로 정신의 가벼움을 따라갈 수 없는 게 문제였습니다. 이런 콤플렉스를 극복하기 위한 최선의 방법은 정신과 몸이 하나가 되는 것, 즉 젊어지는 것입니다. 그는 젊음을 얻기 위해 자신의 영혼을 메피스토펠레스에게 팔게

Self-Portrait Beneath Woman's Mask
Edvard Munch

됩니다. 만약 메피스토펠레스에게 속아 자기도취에 빠지거나 관능의 쾌락에 농락당한다면 그것은 그의 최후의 날이 될 것입니다. 그러나 그는 메피스토펠레스의 종(從)이 된다고 하더라도 살아 있을 때 하고 싶은 것을 마음껏 하고 싶은 간절함 때문에 죽은 후에 무엇이 되는지는 중요하지 않았습니다.

멈추어라! 너 정말 아름답구나!

그러면 그가 메피스토펠레스에게 영혼을 팔면서까지 그렇게 간절히 하고 싶었던 것은 무엇일까요? 젊음을 되찾아 마음껏 욕망하고 쾌락을 누리면서, 학문을 위해 평생을 보낸 자신의 아픔을 보상받고 싶었을 것입니다.

비록 고통과 쾌락이 멋대로 뒤엉켜 있더라도 그는 대장부답게 끊임없이 활동하고 싶었습니다. 이로 인해 학문을 발전시키고 자신 속에 하나의 세계를 창조하며 부풀어 올랐던 가슴은 사라졌습니다. 진리를 찾으려고 수천 권의 책을 읽었지만 두뇌는 정작 텅 빈 해골바가지에 불과했습니다. 그리고 무엇보다도 자신이 신을 닮지 않았다는 것을 뼈저리게 느꼈습니다. 대신에 벌레를 닮은 자신을 발견하게 되었습니다.

그는 새로운 삶을 찾아 떠나면서 세속의 병든 가슴을 태양에 씻어내고자 했습니다. 그가 열망했던 태양은 하루의 시작이며 모든 생명의 새로움입니다. 그래서 자신에게 날개가 있다면 태양을 따라 어디든 날아가고 싶었습니다. 그가 메피스토펠레스와 계약을 했다고 해서 단순히 쾌락을 얻고자 했던 것은 아니었습니다. 그보다는 평범한 삶에 만족하지 않고 뭔가를 갈망하고 싶었습니다. 그는 갈망의 끝에서 "멈추어라! 너 정말 아름답구나!"라고 감탄하면서 메피스토펠레스에게 자신의 영혼을 넘겨주고는 파멸하게 됩니다. 하지만 오직 자신의 내면에서 진정으로 갈망하는 것을 찾았기 때문에 어떠한 후회도 없었습니다.

⋮ 구원은 갈망하며 애쓰는 자에게 온다

지식의 권태로움에서 벗어나 이제껏 가지 않은 길을 가고 싶었던 파우스트. 그의 영혼은 아이러니하게도 파멸의 경계선에서 지옥으로 가게 됩니다. 그런데 놀랍게도 천사들이 그의 영혼을 구원해줍니다. 천사들은 그가 끊임없이 갈망했기 때문에 구원받을 자격이 있다고 했지만 분명한 것은 우리의 마음을 다시 뜨겁게 할 다음과 같은 감정 때문입니다.

그대들의 것이 아니면,

그대들은 피해야 해요.

그대들 마음 어지럽히는 것은

참을 수가 없을 거예요.

그것이 난폭하게 덤벼든다면,

우리는 용감히 싸워야 해요.

사랑만이 사랑하는 사람을

천국으로 인도하지요!

돌이켜보면, 그는 시간을 30년이나 거꾸로 돌려 자신이 노력한 만큼 방황했고, 방황하면서도 온갖 근심과 시련에 맞서 용감히 싸웠고, 최후의 날에 "아름답구나"를 말할 만큼 구원을 받았습니다. 어쩌면 아름다움은 우리 모두의 구원인지 모릅니다. 인생에 있어 노력도, 방황도, 용기도 아름답습니다. 그럼에도 우리를 진정으로 구원하는 것은 사랑 그 자체가 아닐까요? 그래서 "사랑만이 사랑하는 사람을 천국으로 인도"한다는 메시지는 인생을 살아가기에 충분한 아름다움이 될 것입니다.

인용한 책들

Chapter 1

자신의 영혼을 당당히 간직하는 사랑

- 샬럿 브론테, 『제인 에어 2』, 유종호 옮김, 민음사, 2004

따뜻한 손에 따뜻한 심장

- 아모스 오즈, 『나의 미카엘』, 최창모 옮김, 민음사, 1998
- 에리히 프롬, 『사랑의 기술』, 황문수 옮김, 문예출판사, 2006

사랑을 멀어지게 하는 두 가지

- 제인 오스틴, 『오만과 편견』, 박미경 옮김, 책읽는수요일, 2015
- 스탕달, 『스탕달의 연애론』, 권지현 옮김, 삼성출판사, 2007

나의 생명이며 영혼인 당신

- 에밀리 브론테, 『폭풍의 언덕』, 김종길 옮김, 민음사, 2005
- 호세 오르테가 이 가세트, 『사랑에 관한 연구』, 전기순 옮김, 풀빛, 2008

그 이름 대신에 나를 가지세요

- 윌리엄 셰익스피어, 「로미오와 줄리엣」, 『셰익스피어 전집 4: 비극 I』, 최종철 옮김, 민음사, 2014

- 최종철, 「작품 해설」, 『로미오와 줄리엣』, 민음사, 2008

당신이 내 종교예요

- 어니스트 헤밍웨이, 『무기여 잘 있어라』, 김욱동 옮김, 민음사, 2012
- 에리히 프롬, 『사랑의 기술』, 황문수 옮김, 문예출판사, 2006

초콜릿을 녹일 물처럼 끓어오르는

- 라우라 에스키벨, 『달콤 쌉싸름한 초콜릿』, 권미선 옮김, 민음사, 2004
- 스탕달, 『스탕달의 연애론』, 권지현 옮김, 삼성출판사, 2007

Chapter 2

줄기를 잘린 나무

- 헤르만 헤세, 『수레바퀴 아래서』, 김이섭 옮김, 민음사, 2001
- N. H 클라인바움, 『죽은 시인의 사회』, 한은주 옮김, 서교출판사, 2004

인간적 사랑을 간직한 고결한 심장

- 찰스 디킨스, 『위대한 유산 2』, 이인규 옮김, 민음사, 2009
- 피에르 신부, 『단순한 기쁨』, 백선희 옮김, 마음산책, 2001

아름다움은 신의 선물

- 서머싯 몸, 『인생의 베일』, 황소연 옮김, 민음사, 2007
- 플라톤, 「향연」, 『소크라테스의 변명: 크리톤 · 파이돈 · 향연』, 황문수 옮김, 문예출판사, 1999

자기 자신에게로 이르는 길

- 헤르만 헤세, 『데미안』, 채민정 옮김, 책읽는수요일, 2014

불쾌하지만 위대한 인간

- 서머싯 몸, 『달과 6펜스』, 송무 옮김, 민음사, 2000
- 가스통 바슐라르, 『꿈꿀 권리』, 이가림 옮김, 열화당, 2008

순수에 억눌린 심장을 다시 뛰게 하는 것

- 이디스 워튼, 『순수의 시대』, 김영옥 옮김, 책읽는수요일, 2016
- G. W. F. 헤겔, 『법철학』, 임석진 옮김, 한길사, 2008

무의미하지만 아름다운 삶의 무늬

- 서머싯 몸, 『인간의 굴레에서 2』, 송무 옮김, 민음사, 1998

Chapter 3

인간은 패배하도록 창조되지 않았다

- 어니스트 헤밍웨이, 『노인과 바다』, 김욱동 옮김, 민음사, 2012
- 김욱동, 「작품 해설」, 『노인과 바다』, 민음사, 2012

진정으로 자유롭고 싶다면

- 니코스 카잔차키스, 『그리스인 조르바』(니코스 카잔차키스 전집 1), 이윤기 옮김, 열린책들, 2008
- 프리드리히 니체, 『차라투스트라는 이렇게 말했다』, 장희창 옮김, 민음사, 2004

보이지 않는 성을 향해 언덕을 오르는 것

- A. J. 크로닌, 『성채 2』, 이은정 옮김, 민음사, 2009
- E. F. 슈마허 외, 『자발적 가난』, 골디언 밴던브뤼크 엮음, 이덕임 옮김, 그물코, 2010

일곱 번을 일흔 번까지

- 레프 톨스토이, 『부활 2』, 박형규 옮김, 민음사, 2003

전쟁의 폐허 속에서 피어나는 꽃

- 에리히 마리아 레마르크, 『사랑할 때와 죽을 때』, 장희창 옮김, 민음사, 2010
- 몽테뉴, 『몽테뉴의 수상록』, 안해린 편역, 소울메이트, 2015

모든 것은 자신의 손에 달려 있다

- 도스토옙스키, 『죄와 벌 2』, 김연경 옮김, 민음사, 2012
- 프리드리히 니체, 「선악의 저편」, 『선악의 저편·도덕의 계보』, 김정현 옮김, 책세상, 2002

Chapter 4

치욕의 징표를 딛고

- 너새니얼 호손, 『주홍 글자』, 김욱동 옮김, 민음사, 2007
- 버트런드 러셀, 『행복의 정복』, 이순희 옮김, 사회평론, 2005

진실을 위해 죽음도 마다하지 않는

- 알베르 카뮈, 『이방인』, 김화영 옮김, 민음사, 2011

절대 토끼가 아니라니까!

- 켄 키지, 『뻐꾸기 둥지 위로 날아간 새』, 정회성 옮김, 민음사, 2009
- 존 스튜어트 밀, 『자유론』, 이진희 편역, 풀빛, 2011

인생을 진정 쓸모 있게 사는 방법

- 서머싯 몸, 『면도날』, 안진환 옮김, 민음사, 2009
- 르네 데카르트, 『방법서설』, 이현복 옮김, 문예출판사, 1997

순수해서 고통받은 여인

- 토머스 하디, 『테스 1』, 정종화 옮김, 민음사, 2009
- 토머스 하디, 『테스 2』, 정종화 옮김, 민음사, 2009
- 어빈 D. 얄롬, 『보다 냉정하게 보다 용기있게』, 이혜성 옮김, 시그마프레스, 2008

위험하지만 아름다운 날갯짓

- 스탕달, 『적과 흑 2』, 이동렬 옮김, 민음사, 2004
- 프리드리히 니체, 『인간적인 너무나 인간적인 II』, 김미기 옮김, 책세상, 2002

Chapter 5

행복도 불행도 없이

- 다자이 오사무, 『인간 실격』, 김춘미 옮김, 민음사, 2004
- 마르쿠스 아우렐리우스, 『명상록』, 이덕형 옮김, 문예출판사, 2008

혁명의 소용돌이 속 고뇌하는 인간

- 앙드레 말로, 『정복자들』, 최윤주 옮김, 민음사, 2014

- 클레이본 카슨 엮음, 『나에게는 꿈이 있습니다』, 이순희 옮김, 바다출판사, 2000

철저하게 살아야 모든 것을 정복한다

- 어니스트 헤밍웨이, 『태양은 다시 떠오른다』, 김욱동 옮김, 민음사, 2012
- 버트런드 러셀, 『행복의 정복』, 이순희 옮김, 사회평론, 2005

그래야만 한다!

- 밀란 쿤데라, 『참을 수 없는 존재의 가벼움』, 이재룡 옮김, 민음사, 2009

난폭한 운명의 화살 앞에 선 인간

- 윌리엄 셰익스피어, 「햄릿」, 『셰익스피어 전집 4: 비극 Ⅰ』, 최종철 옮김, 민음사, 2014
- 장 자크 루소, 『고독한 산책자의 몽상』, 김중현 옮김, 한길사, 2007

구원은 어떻게 오는가

- 요한 볼프강 폰 괴테, 『파우스트 2』, 정서웅 옮김, 민음사, 1999